KB110825

결국 소스 맛

<놀놀놀: 놀 것과 놀라움이 가득한 글 놀이터> 독자에게 보내는 집필 제안서

우리 삶에는 항상 놀 것과 놀라움이 가득합니다. 누군가에게는 라면이, 누군가에게는 공포소설이, 누군가에게는 퇴근 후 달리는 상쾌함이 살아갈 의미로 작용합니다. 우리 모두에게 있는 바로 그 '놀 것'과 '놀라움'을 글로 풀어낼 수 있는 '놀이터'가 〈놀놀놀〉 시리즈입니다. 독자 여러분 가슴 속에 있는 놀 것과 놀라움에 대한 이야기를 환영합니다.

• • •

형식: 자신만의 지식과 경험을 바탕으로 한 소확행의 생활 에세이
분량: 원고지 350~400매(6만~7만 자)
주제: 자유
시리즈 예상 소재: 고양이, 오르골, 시계, 짜장면, 기차여행, 무라카미 하루키, 마카롱, 피규어, 떡볶이, 제주도, 파스타, 스타벅스, 반려견 등 자신만의 놀 것과 놀라움
보내실 곳: bookocean@naver.com

결국 소스 맛

초판 1쇄 인쇄 | 2019년 12월 02일
초판 1쇄 발행 | 2019년 12월 09일

지은이 | 은 상
펴낸이 | 박영욱
펴낸곳 | 북오션

편 집 | 이상모
마케팅 | 최석진
디자인 | 서정희 · 민영선

주 소 | 서울시 마포구 월드컵로 14길 62
이메일 | bookocean@naver.com
네이버포스트 | post.naver.com/bookocean
전 화 | 편집문의: 02-325-9172 영업문의: 02-322-6709
팩 스 | 02-3143-3964

출판신고번호 | 제313-2007-000197호

ISBN 978-89-6799-504-1 (03810)

이 도서의 국립중앙도서관 출판예정도서목록(CIP)은 서지정보유통지원시스템
홈페이지(http://seoji.nl.go.kr)와 국가자료공동목록시스템
(http://www.nl.go.kr/kolisnet)에서 이용하실 수 있습니다.
(CIP제어번호: CIP2019045132)

놀 놀 놀 놀 것과 놀라움이 가득한 글 놀이터

결국 소스 맛

아들 밥상 차리다가 에세이 쓴 이야기

은상 지음

북오션

prologue

아들 밥상 차리다가 에세이 쓴 이야기

어쩌다 소스에 대한 에세이를 쓰고 있다. 나는 전문 요리사도 아니고, 특별히 요리를 잘하지도 않는데 말이다. 그저 아침에 아이 밥 차려주고, 주말에 요리해서 반주 한 잔 즐기는 평범한 글쟁이일 뿐이다.

그래서 어떻게 에세이를 쓸까 고민하다가 무라카미 하루키가 그의 에세이집《채소의 기분, 바다표범의 키스》에서 말한, 에세이를 쓸 때의 원칙을 일단 지키기로 했다.

첫째, 남의 악담을 구체적으로 쓰지 않기. 둘째, 변명과 자랑을 되도록 쓰지 않기. 셋째, 시사적인 화제는 피하기.

이 조건하에서 나(남편, 아빠, 직장인, 글 쓰는 사람)와 소스와 관련된 이야기, 그리고 간단한 요리 이야기를 하기로 했다. 다만 하루키의 세 가지 조건 중에서 두 번째 조건을 지키기는 조금 힘들 것 같다. 소스를 소재로 삼은 이유가 주변에서, 정확히는 P(아내)가 "오빠는 음식을 참 잘 만들어"라고 말한 것이 시작이었기 때문이다. 아마도 계속 집안일을 시키기 위한 계략이겠지만, 그 말을 듣고 우쭐한 것도 사실이다.

'요섹남'이라는 말이 한참 유행한 적도 있으니 음식을 잘한다는 말은 당연히 칭찬으로 들렸다. 정확히 말하면 나는 섹시하지 않으니, '요남' 정도 되겠다. 어쨌든 우쭐한 감정을 가지고 글을 쓰기 시작했으니 자랑이 안 나올 리 없다. 그런데 내 요리라는 게 자랑할 만큼 그리 대단한 게 아니다. 인터넷에 떠돌아다니는 레시피대로만 하면 누구나 적당히 먹을 정도는 만든다. 다만 무엇이 그 맛을 내는 것인지 궁금해하는 정도의 정성이 작은 차이를 만든다. 난 무엇이 그 맛을 내는지 궁금해하다가 결국 모든 음식의 맛은 '소스'라는 결론에 이르렀다. 우리나라의 대표적인 소스인 된장을 예로 들어보면, 된장이 들어간 찌개는 모두 된장찌개다. 두부된장찌개, 가지된장찌개, 차돌된장찌개 등 그 음식의 정체성은 소스에 의해 좌우되는 것이다.

전통이 있는 레스토랑 주방에는 엄격한 위계가 있다. 총주방장은 사실 거의 관리자이고 그 아래에서 셰프가 주방의 모든 것을 관장한다. 셰프 밑에는 주방의 실무를 담당하는 수(sous) 셰프가 있다. 그리고 그 아래로 수석 요리사들이 있는데, 이들이 실질적으로 요리의 각 파트를 담당한다. 수석 요리사 중에서 가장 중요한 직급은 메인 요리를 만드는 '소시에르(Saucier)'다. 소시에르란 '소스를 만드는 사람'이라는 뜻이다. 그만큼 요리에서 중요한 것이 소스였다는 것을 전통적으로도 인정했다는 의미다.

'요남'이라는 우쭐함을 안고 그런 소스 같은 이야기를 하고자 한다. 이 책에는 소스 덕분에 삶이 풍족해진 한 평범한 사람의 일상과 '야매' 레시피들이 담겨 있다. 그 속에서 독자 여러분의 삶에서 소스가 될 만한 한 가지라도 건져 가시길 바라겠다.

contents

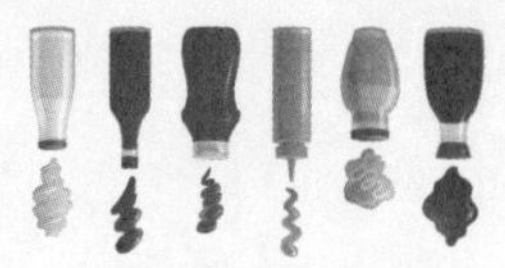

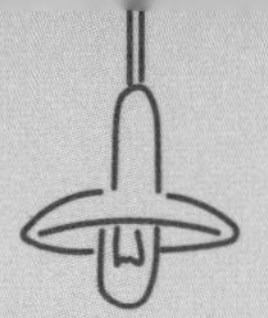

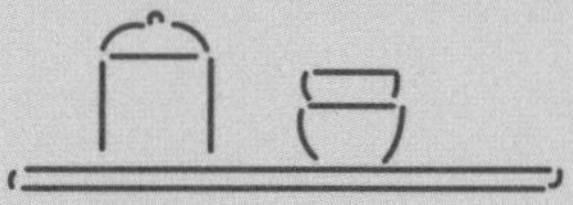

sauce 1

전지전능한 노란 가루

카레

아마도 카레가 시작이었을 것이다.

모든 일에는 기원이 있는 법이니 카레를 말하기 전에 결혼 이야기부터 시작해야겠다. 난 오 년간의 연애를 마치고 P와 결혼했다. 나나 P나 준비가 되어서 결혼했다기보다 그 정도 연애를 했고, 그 정도 나이가 됐기 때문에 결혼했다고 보는 편이 맞다.

그래서 불행했다는 오해는 하지 않았으면 좋겠다. 행복했다. 마루는 없고 방 두 개에 부엌 하나, 화장실 하나인 작은 전셋집이지만 맞벌이 부부라 집에 있는 시간이 그리 길지 않았기에 큰 불만은 없었다. 서로 야근도 꽤 있는 직장을 다녔기에 식사를 따로 하는 경우도 많았다. 아침은 그냥 대충 건너뛰기 일쑤여서 부엌의 필요성도 거의 느끼지 못했다.

요즘은 많이 나아지고 있지만 아무리 맞벌이를 하더

라도 집안일은 여성 쪽이 담당하는 경우가 많다. 우리라고 별반 다르지 않았다. 오래간만에 같이 일찍 퇴근해 집에 오면 식사를 준비하는 쪽은 P였다. 기억을 되살려주고자 다시 한 번 말하자면, 우리는 결혼할 준비가 되어서 한 게 아니었다. 이건 할 줄 아는 요리가 없다는 것을 돌려 말한 것이다. 밥이야 전기밥솥이 물만 맞춰주면 알아서 해주니 문제가 없었고, 반찬은 처가댁이 가까워 김치 등을 가져다 먹었다. 아니, 가져다 주셨다. 음식을 할 줄 모르는 우리 앞에 놓인 것은 하얀 밥과 김치뿐. '왕후의 밥, 걸인의 찬'이라 했던가? 사실 음식재료가 많아도 문제였을 것이다. 송로버섯이 있다 해도 우리에게는 김치찌개 재료였을 뿐이다(혹은 라면에 넣거나). 그렇다. 우리에게 최상의 음식은 김치찌개였다. 밥과 김치가 있으니 당연한 선택이었다. 김치찌개는 다행히도 대학교를 다닐 때 엠티를 가면 종종 끓여먹는 음식이었으니 그 정도는 할 줄 알았다. P가 끓인 김치찌개 맛은 딱 엠티 때 먹던 그 맛이었다.

조리 방법은 간단하다. 김치를 냄비에 잘라 넣는다. 물을 적당히 붓는다. 끓인다. 참치가 있다면 넣는다. 햄이 있다면 넣는다. 혹은 둘 다 있다면 둘 다 넣는다. 그리고 맛있어지길 바라며 기도한다. 이게 전부다.

장모님의 김치가 잘 익었으면 다행히 맛있는 김치찌개가 되는 것이고, 설익었다면 방법이 없다. 뜨겁고 짭짤한 맛으로 먹는 것이다.

그 과정에서 난 할 말이 없었다. 걸인의 밥, 왕후의 찬이든, 엠티 김치찌개든 준비를 하는 쪽은 P였기 때문이다. 난 기계적으로 "맛있다"라고 말하며 반주로 소주를 곁들여서 먹었다. 엠티를 가면 술을 자신의 정량 이상으로 먹다가 대취해서 바닥을 굴러다니는 사람이 꼭 나온다. 김치찌개의 맛이 엠티 때의 그것과 같아서 그랬는지, 아니면 술친구와 동거를 해서 그랬는지, 종종 내가 그랬다. 반주를 하다가 술을 많이 마셔서 회사를 못 간 적이 있을 정도였다. 물론 회사에 그렇게 말하지는 않았다.

나는 술 마시고 회사를 빠지는 일 외에는 크게 집안일을 하지 않았는데, P는 청소와 빨래까지 담당했다. 간혹 빨래 너는 일을 도와주긴 했지만 그것만으로는 가사일 분담이라고 하기에는 턱없이 부족하다는 것을 잘 알고 있었다.

일요일이면 P는 꽤 늦잠을 잔다. 그에 비해 나는 일찍 일어나는 편이다. 일요일이 되면 열두 시까지도 일어나지 않는 P에게 간혹 나는 "너는 삶에 대한 애착이 없니?"라고 묻고는 한다. 그 결정적인 일이 일어난 날도 P는 늦잠을 잤다. 할리우드 영화를 보면 남편이 토스트나 베이컨을 굽고, 계란을 프라이하고, 커피 한 잔까지 내려서 베드테이블에 받쳐 들고 침실로 들어가 아내를 깨운다. 그러면 아내는 아침을 준비해 침대까지 가져다 준 남편을 환한 미소로 맞이하고 '자신처럼 행복한 사람은 없을 것'이라고 말하고는 키스를 한다. 그러면 마침 커다란 창문을 통해 바람이 불어오고 흰 커튼은 축복을 해주는 양 펄럭거린다.

곤히 자는 P에게 그런 것을 해주고 싶었다. 문제는 베이컨, 토스트도 없었고, 커피는 맥심 커피믹스뿐이었고, 베드테이블도 물론 없었다는 것이다. 결정적으로 흰 커튼이 펄럭이는 거대한 창문이 없었다. 쟁반에 받쳐서 커피믹스를 타준다고 감동을 할까? 잠이나 깨우지 말라는 핀잔을 듣고 그 커피는 내가 마시게 될 게 뻔했다. 그럴 듯한 아침을 준비해 주고 칭찬을 받고 싶었다. 그러다가 얼마 전에 본 어린이세트란 것이 떠올랐다. 한 식당 메뉴에서 본 것인데 아이들이 좋아하는 것만 골라서 한 세트로 구성한 메뉴였다. 스파게티, 볶음밥, 돈까스를 하나의 식판에 올려서 주니 그럴 듯해 보였다. 스파게티면과 냉동돈까스는 집 앞에 있는 슈퍼마켓에서 구할 수 있으니 별 문제는 없었다. 볶음밥은 생략! 문제는 소스였다. 음식을 할 줄 몰라도 스파게티와 돈까스 소스가 다르다는 것쯤은 알고 있지만, 그것이 무엇으로 만드는 것인지는 몰랐다. 볶음밥의 소스도 물론 다르겠지만 이것은 다시 말하지만 생략! 그때 번뜩 떠오른 것이 카레였다. 머릿속으로 그려봐도 카레는 돈까스와도 잘 어울리고 스파게티면과도 잘 어울릴 것 같았다. 그 다음은 일사천리로 진행됐다.

먼저 스파게티면을 삶는다. 10분 정도 삶으면 대략 익는다. 알덴테 같은 건 모른다. 면을 씹어서 안에 약간의 심이 느껴지는 정도가 딱 좋다고 하는데, 우리 감성에는 맞지 않는다. 식당에 갔는데 알덴테 정도로 익은 스파게티가 나오면 덜 익었다고 항의하고 다시 익혀달라고 요구하는 게 우리 감성이었다. 그래서 그냥 푹 삶는다. 다행히 스파게티면은 칼국수와 다르게 푹 삶아도 그리 퍼지지 않는다.

면을 삶는 동안 냉동돈까스를 튀긴다. 식당처럼 많은 기름을 쓸 수 없기 때문에 프라이팬에 약간 넉넉하게 기름을 두르고 굽듯이 튀겨야 한다. 그리고 자주 뒤집어준다. 빵가루는 생각보다 빨리 탄다. 방심했다가는 새까맣게 변한다. 이 아침 밥상에서 가장 신경쓴 부분이

이 냉동돈까스 튀기기였을 것이다. 기름에서 연기가 올라올 정도면 너무 뜨거운 것이다. 재빨리 돈까스를 기름에서 꺼내야 한다. 그러지 않으면 돈까스는 사망한다. 앞뒤로 뒤집어가며 약 5분 정도 구워내면 적당한 색깔을 낸다. 프라이팬에 굽는 방식이기 때문에 돈까스 끝부분은 황금빛 노랑이 아니라 거뭇거뭇 할 것이다. 떼어내든지 못 본 척한다.

그리고 대망의 카레. 물론 3분 카레다(오뚜기에게 감사를 전한다). 카레를 끓는 물에 3분 정도 담갔다가 빼낸다. 3분 카레 끝부분을 보면 구멍이 뚫려 있는 것이 보일 것이다. 집게가 없다면 그 구멍에 젓가락을 넣어서 낚시하듯이 꺼낸다.

큰 접시에 스파게티와 돈까스 그리고 밥을 조금 퍼서 담고 카레를 부어준다. 커다란 하나의 접시에 담는 게 중요하다. 밥 따로, 돈까스 따로, 카레 따로 주면 그냥 자취생 아침상이다. 하나의 접시에 담아야 '요리처럼' 보인다. 접시 끝에 김치 한두 조각 올려주면 끝이다.

P를 깨웠다. 내가 아침을 준비했다는 게 조금은 낯선 모양인지 경계를 하다가 어린이세트를 보고 무척 좋아했다. 고맙다는 말과 맛있다는 말을 들으니 요리(?)를 하는 기쁨이 느껴졌다. 그저 카레였을 뿐인데. 그때 소

스의 중요성도 알게 된 것 같다. 카레라는 강력한 소스가 있으니 재료와 솜씨의 허접함이 묻혀버렸다.

우리 중 대단한 미식가도 있겠지만 보통 사람은 미묘한 맛을 그다지 잘 구분하지 못한다. 자신이 코카콜라의 광팬이라고 자랑하던 한 연예인은 블라인드 테스트를 하니 코카콜라와 펩시콜라를 구분하지 못했다. 《맛의 과학》이란 책을 보면, 미식이라는 것이 얼마나 힘든 일인지를 말해주는 에피소드가 나온다. 프랑스의 와인주조술 학교에서 학생들을 대상으로 테스트를 진행한 적이 있었다. 이 학생들은 당연히 미묘한 맛의 차이가 나는 와인을 주조하고자 공부하는 전문가들이다. 그래서 와인 맛을 구별하는 데는 나름 자부심이 있었다. 이들에게 세 종류의 와인을 제공했다. 레드 와인 두 가지와 화이트 와인 한 가지였다. 학생들에게 맛을 본 후 느껴지는 것을 표현하라고 했다. 학생들은 진지하게 맛을 논했다. 학생들은 공통적으로 레드 와인을 마신 후에는 붉은 색이 연상되는 단어를 사용했다. '라즈베리', '정향', '고추' 같은 향이 난다고 대답한 것이다. 화이트 와인을 마신 학생들은 '꿀', '레몬', '리치' 같은 향이 난다고 대답했다. 이들의 대답은 반만 정답이었다. 왜냐하면 이들이 마신 레드 와인 중 하나는 동일한 화이트 와인에 식용색소를 첨가해 만든 것이기 때문이다. 훈련된 학생이라도 색에 현혹돼 제대로 맛과 향을 느끼지 못한 것이다. 훈련받은 이들도 이런데 우리 같은 보통 사람이 미묘한 맛의 차이를 구분하지 못하는 것이 당연하다. 결국 우리가 음식을 대하는 감정은 재료의 미묘한 맛보다 소스라는 강력한 맛의 복합체에 의해 좌우될 수밖에 없다.

그런 의미에서 카레라는 대단한 소스는 음식을 지배한다. 카레 한 가지만 있으면 상당히 많은 끼니를 커버할 수 있다. 그리고 만들기도 매우 간단하다. 간단하면서도 그럴 듯한 무엇인가를 만들어낸다는 것이 소스의 힘이다. 카레는 인도 요리라고 알려져 있는데 우리가 먹는 카레는 인도에서 먹는 카레와 많이 다르다. 인도의 카레는 타밀어 '카리'에서 비롯된 말이고 영어로 커리(curry)라고 불리던 것이 일본으로 건너와 카레가 됐다. '카리'는 하나의 음식을 칭하는 용어가 아니라, 소스나 국을 통칭하는 말이다. 우리나라로 치면 국 혹은 찌개라는 말과 비슷할 것이다. 김치가 들어가면 김칫국 혹은 김치찌개, 된장이 들어가면 된장국 혹은 된장찌개라고 부르듯이, 각종 향신료를 넣어서 국물이 있게 만든 음식이 '카리'다. 전통 카레를 먹어보겠다고 인도에 가서 카리를 주문하면 우리가 알고 있는 것과 전혀 다른 음식이 나온다. 색깔도 노랗지 않다. 붉은 색, 갈색, 심지어 초록색까지 다양하다. '정통'까지 언급하기 시작하면 간단하고 강력한 소스에 대해 말하겠다는 이 책의 취지에서 벗어나므로 나는 한국식 카레만 '카레'라고 부르겠다. 다만 조금 더 정통의 맛을 느끼고 싶은 사람은 '마살라'라는 단어만 기억하면 된다. 마트에 가면 마살라 소스라는 것을 판다. 일종의 '정통' 카레 믹스라고 보면 된다. 쌀국수에 넣어 먹어도 되고, 우리 카레에 섞으면 약간 매콤한 맛과 향이 나는 이국적인 카레가 된다.

우리가 먹는 카레는 일본을 거쳐 한국에서 정형화된 음식이다. 밥에 얹어 먹기 편하도록 밀가루나 전분 가루를 섞어서 걸쭉하게 만들었고, 울금을 많이 섞어서 우리가 아는 노란색이 되었다. 그리고 어디서나 간편하게 조리할 수 있도록 가루 형태로 판매한다. 이 카레 가루는 라면 스프 못지않은 최고의 만능소스다.

응용하기 전에 일단 기본을 할 줄 알아야 한다. 기본 요리법은 카레 가루를 사면 봉지에 쓰여 있다. 그대로

요즘 읽고 계시는
책 있나요?
저는 요즘 김훈 작가의
'칼의 노래'를 읽고
있어요

그래, 카레는 노랗지……

따라 하면 정말 기본 카레를 만들 수 있다. 하지만 그 재료들이 모두 없다고 해서 카레 요리를 포기할 필요까지는 없다. 아무 재료가 없더라도 양파 하나만 있으면 그럴 듯한 카레를 만들 수 있다.

일단 프라이팬에 식용유를 두른다. 그리고 한국인의 냉장고라면 꼭 들어 있는 다진 마늘을 꺼내 식용유에 볶는다. 낮은 온도에서 볶아야 한다. 안 그러면 새까맣게 타버린다. 마늘이 없으면 생략해도 된다. 그 다음으로 양파를 팬에 넣는다. 양파는 많아도 상관없다. 불을 키우고 양파가 노릇노릇해질 때까지 볶는다. 여기서 다른 재료가 있으면 더 넣으면 된다. 고기가 있으면 고기를 넣고, 매운 맛을 좋아하면 베트남 고추를 넣고 볶다가, 물을 조금 붓고 끓어오르면 카레 가루를 풀어준다. 그러면 벌써 그럴 듯한 카레가 된다. 양파만 잘 볶으면 다른 재료가 필요 없다.

기본 카레를 할 줄 안다면 나머지는 다 응용이다. 프랑크 소시지를 굽거나 물에 삶은 후 카레를 뿌리고 독일 요리인 카레부어스트라고 우기면 된다. 우동면을 삶은 뒤 카레를 부어주면 일본 요리인 카레 우동이다. 돈까스 위에 부으면 카레 돈까스이고, 돼지목살을 팬에 충분히 굽다가 카레를 붓고 조금 더 익혀주면 카레 포크

스테이크다. 이름이 달라 아주 다양한 요리를 한 듯하지만 결국 카레가 모든 것을 해결한다. 누군가 집에 찾아왔을 때, "이거 카레 포크 스테이크야"라고 말하며 맥주 한 잔 권하면 왠지 대접했다는 느낌도 든다.

조금 더 사기를 치자면 태국 요리인 풋팟퐁커리도 가능하다. 원래는 이제 막 탈피해서 껍질이 부드러운 게를 태국식 카레와 같이 끓여서 익히는 요리지만, 탈피를 막 끝낸 게를 구할 방법도 없고, 태국 카레를 어떻게 만드는 것인지도 모른다. 그래도 상관없다. 어차피 P도 정통 풋팟퐁커리를 못 먹어 봤으니까.

방법은 게맛살을 사용하는 것이다. 이왕이면 조금 비싼 게맛살(크래미 같은)을 사용하자. 그게 조금 더 게 같은 느낌을 준다. 게맛살에 살짝 튀김가루를 발라서 튀긴다. 노릇하게 튀기면 그 정체가 뭔지 알 수 없게 된다. 튀김옷이 게껍질 역할을 하고, 게맛살이 말 그대로 게살 역할을 한다(게맛살은 게가 아니라 흰살생선이 대부분을 차지하지만). 예쁜 접시에 게맛살 튀김을 담고, 카레를 부어준다. 이때 사용할 카레는 고기를 넣지 말고 양파만 가지고 만들자. 그래야 게의 맛(?)을 헤치지 않는다. 좀 더 이국적으로 보이려면 카레에 살짝 고춧가루를 섞어서 붉은 색과 매운 맛을 강조해준다(혹은 마살라 소스가 있다면 섞어준다). 타이거나 창 맥주가 있다면 같이 내놓는다. 맛은…… 카레 맛이다. 말했듯이 카레라는 소스는 강력해서 무엇이든 포용한다. 그래도 P는 풋팟퐁커리를 먹은 것이다. (나중에 백종원 씨가 진행하는 텔레비전 프로그램에서 알게 된 것인데, 코코넛 음료를 넣어주면 더욱 이국적이라고 한다.)

소스의 힘을 알게 된 후부터 요리에 자신이 붙었고, 다양한 소스를 이용한 다양한 가정 요리를 하기 시작한 것 같다. 그러고 나서 시간이 지나 어느 순간부터 주말은 내가 책임지게 되었고, 엠티 찌개 이외의 안주로도 반주를 한잔할 수 있게 되었다.

아마 그때부터였을 것이다. P가 더 이상 음식에 관심을 갖지 않게 된 것이……. P는 그때부터 집안에 '요리사 일정량의 법칙'이 있다는 듯이 음식에 대한 관심을 나한테 모두 일임하고 자신만의 세계로 떠나버렸다.

sauce tip

김치찌개 이야기가 나온 김에 관련된 소스팁 하나를 소개한다. 김치찌개를 하는 데 신김치가 없어서 맛이 잘 나지 않을 때 유용한 팁이다. 먼저 이상적인 김치찌개 맛을 떠올려 본다.

매콤, 새콤, 살짝 달콤이다. 이런 맛이 부족하다면 김치찌개에 타바스코 소스를 넣어보자. 피자를 먹을 때 뿌려먹는 바로 그 소스다. 보통 핫소스라 부르는 타바스코 소스는 매운맛, 단맛, 신맛, 짠맛을 모두 가지고 있어서 김치찌개를 잘 보조해준다. 피자처럼 마지막에 뿌리지 말고 찌개를 끓이는 도중에 넣어야 특유의 향이 살짝 날아가기 때문에 먹는 사람은 무슨 소스를 넣었는지 눈치 채지 못한다. 만약 타바스코 소스가 없다면 식초와 설탕을 조금 첨가해서 맛을 잡을 수 있다.

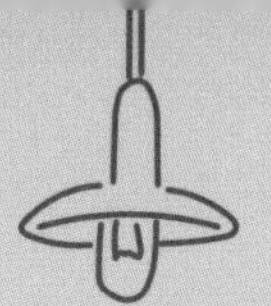

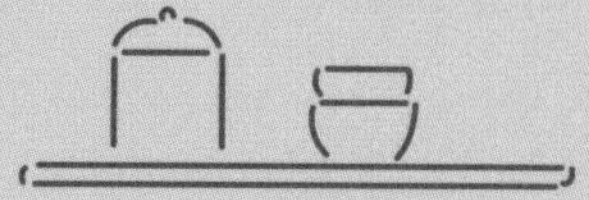

sauce 2

LA 북창동 순두부 연신내점 케첩

동네에서 길을 가다가 희한한 음식점 간판을 봤다. 'LA 북창동 순두부 연신내점.' 그것을 보고 '도대체 이 음식의 정체성은 어디에 있는 것인가'라는 안 해도 되는 고민에 빠져 버렸다. 일단 간판에 지명이 세 가지나 나온다. 이 음식의 정체성을 말해주는 면에서 보자면 연신내라는 지명이 가장 비중이 낮다. 연신내는 이 음식을 파는 곳이라는 의미밖에는 없다. 불광동점, 합정점, 강남점이라 해도 음식 자체가 바뀌는 일은 없을 것이다. 그러므로 제외. 남은 것은 LA와 북창동인데, 무엇이 이 순두부라는 음식의 정체성을 대변하는 지역일까 하는, 잠시 쓸데없는 고민을 해봤다.

내가 파악한 바로는 미국 LA에 한 교포가 순두부집을 열었는데 이 분이 북창동 출신이신지 상호를 '북창동 순두부'라고 지으셨다. 이 집이 대박이 나서 LA에서 맛집으로 통하자, 다시 한국으로 역수입된 듯하다. 이때 여기에 LA라는 이름이 붙는다. 즉, 미국에서는 한국식 정통 순두부라는 의미를 부여하려고 '북창동'을 붙였고, 다시 한국에서는 미국에서도 소문난 맛집이라는 의미를 부여하려고 LA를 붙였다.

그렇다면 이 음식은 어디 음식일까? 미국 음식일까? 한국 음식일까? 결국 정체성은 이 음식을 소비하는 사람이 정해준다고 생각한다. 미국에서도 한국에서도 순두부찌개의 주 소비자는 한국인 혹은 재미 교포였다. 한국의 맛을 즐기러 와서 먹는 음식이니, 이 음식은 어떤 이름이 붙었든 한국 음식이다. 북창동 순두부의 메뉴 중에는 '치즈 순두부찌개'가 있다. 조금 미국스럽긴 하지만 그 베이스(소스)와 재료가 한국식이니 충분히 한국 음식이라고 봐줄 만하다. 치즈가 들어갔다고 해서 미국 사람이 즐기지는 않을 테니 말이다.

또 하나 헷갈리는 음식 중에 나폴리탄 스파게티가 있다. 이름만으로는 이탈리아의 나폴리에서 만든 스파게티라고 생각하기 쉽다. 그러나 나폴리에는 이런 스파게티가 없다. 고기와 토마토를 이용해서 만든 '스파게티 알라 나폴레타나'라는 스파게티가 있다고 하는데 조리법이 나폴리탄과는 전혀 다르다. 나폴리탄 스파게티의 베이스는 바로 케첩이다. 유럽인들은 스파게티에 케첩을 넣었다고 하면 거의 음식 취급을 하지 않는다. 소스는 직접 만들어야 하고, 그 소스의 맛이 스파게티를 좌우한다고 생각하기 때문이다. 그래서 각 가정마다 소스를 직접 만든다. 유명 비빔국수 전문점을 갔는데, 팔도 비빔면 소스를 사용한다면 유럽인의 생각에 공감할지도 모르겠다.

나폴리탄 스파게티는 일본에서 전해졌다. 일본인 누군가가 토마토가 들어간 이탈리아식 스파게티를 만들려고 하다가 토마토소스를 구하거나 만드는 게 힘들어서 간편하게 케첩을 넣은 것이 아닌가 싶다. 내가 게맛살로 만든 풋팟퐁커리처럼 말이다('야매'라는 뜻이다). 어쨌든 나폴리탄 스파게티는 일본인 사이에서 '서양식' 요리로 인기를 끌었다. 만들기도 간단하고 맛도 있었기 때문일 것이다. 정작 서양인은 나폴리탄 스파게티를 먹지 않는다. 결국 이 음식은 서양식 재료를 받아들였지만 (거의) 일본인만 즐기는 요리이기 때문에 일본 음식이라고 봐야 한다.

전통 방식으로 만든 것은 아니지만 난 나폴리탄 스파게티를 비하하고 싶은 생각이 전혀 없다. 외국 재료를 사용해서 자국의 입맛에 맞게 잘 소화한 음식이기 때문이다. 책을 만드는 사람 입장에서 북창동 순두부와 나폴리탄 스파게티를 비교하자면, 북창동 순두부는 우리나라의 책을 미국의 서점에서 팔았는데, 그곳에 있는 교민들 사이에서 인기를 얻었다는 소문이 나 역으로 한국에서 베스트셀러에 오른 격이다. 나폴리탄 스파게티는 잘 알려지지 않는 외국 서적을 국내에 들여와 실정에 맞게 잘 번역한 덕분에 인기를 얻은 모양새다.

그래서인지 나폴리탄 스파게티를 볼 때마다 직업병처럼 번역의 문제를 들여다보게 된다. 우리나라의 출판시장은 외서의 비중이 상당히 높다. 해마다 조금씩 차이가 나겠지만 우리나라는 약 20~30퍼센트가 외서다. 미국은 약 3퍼센트, 중국이 약 4퍼센트, 일본이 약 8퍼센트인 데 비해 상당히 높은 비중이다. 그래서 매년 번역 논란이 일어난다. 그럴 때마다 직역을 해야 되는지, 의역을 해야 하는지 목소리를 높이는 사람이 나온다. 전혀 논란거리가 안 되는 이야기인데도 편을 갈라서 싸운다.

내 생각을 말하자면 이 세상에 직역이란 없다. 모든 언어는 1대1로 대응하지 않기 때문이다. 아무리 직역을 하려 해도 되지 않는다.

유명한 영화 대사를 살펴보자. 영화 〈킹스맨〉의 한

대사다.

“Manners Maketh Man.”

이 대사를 직역해보자. 일반적으로 “매너가 남자를 만든다”라고 해석한다. 하지만 충분한 직역이 아니다. 일단 ‘매너’를 우리말로 바꿔야 한다. 굳이 바꾼다면 ‘품행’ 정도가 될 것이다. 그리고 고어(Maketh)를 사용했으므로 ‘만든다’가 아니라 ‘만들지어다’ 정도가 어울린다. 마지막으로 Man은 불가산명사이므로 ‘남자’라기보다는 ‘사람’이 맞다. 결론적으로 “품행이 사람을 만들지어다”가 그나마 정확한 직역이다. 그런데 영화를 본 사람은 알겠지만 극중에서 콜린 퍼스는 이 말을 한 단어씩 딱딱 끊어서 말한다. “매너스…… 메익쓰…… 만.” 그렇다. 두운이 사라진 것이다. 그래서 난 외국 시인의 시는 반쪽짜리라고 생각한다. 그들의 운율을 절대 한국말로 옮길 수 없다. 그들에게 정형시가 우리말로 번역하면 산문시가 돼버린다. 정확히 그들 나라의 시인은 각운과 두운을 맞추고 글자 수까지 조절했지만 우리는 그 뜻만(그것도 짐작으로) 알 수 있을 뿐이다.

그 반대로 번역에 의해 운율이 살아나는 경우도 있다.

지금은 은퇴한 미국 NBA 스타 앨런 아이버슨은 183센티미터라는 비교적 작은 키로도 매우 뛰어난 득점

력을 발휘해 상대에게 두려움을 안겨 주는 선수였다. 그는 2001년 올스타전에서 MVP로 선정된 후 다음과 같은 말을 남겼다.

"It's not about size, it's about the size of your heart."

이 말을 직역하려 노력했다면 다음과 같이 번역했을 것이다. "그것(농구)는 크기에 관한 것이 아니라, 심장의 크기에 관한 것이다." 뜻은 통하지만 '와' 하는 느낌이 들지 않는다. 이 문장을 누군가 이렇게 번역했다.

"농구는 신장이 아니라 심장으로 하는 것이다."

그야 말로 '와'다. 신장과 심장이라는 단어가 정확히 대구가 되면서 명언이 탄생하였다. 의역에 가깝지만 누구도 이 번역을 두고 왈가왈부하지 않는다.

번역에 의해 뜻이 더 명확해지는 경우도 있다.

〈바람과 함께 사라지다〉의 마지막 대사 "Tomorrow is another day"도 '내일은 또 다른 날'이라고 번역했으면 밋밋했을 것이다. "내일은 내일의 태양이 떠오른다"라는 말이 그래도 희망을 거는 당시의 상황과 맞아떨어진다.

모든 것은 북창동 순두부와 나폴리탄 스파게티라고 생각하면 간단하다. 먹는 사람이 한국인이면 한국인에 맞는 음식을 하고, 일본인이면 일본인에게 맞는 음식을 한다. 과학학술서처럼 작은 뉘앙스 하나가 결과를 뒤바꿀 정도의 서적이면 가능한 한 문장과 단어 그대로 옮겨야 하고(그래서 과학 쪽 사람들은 원서를 보는 일이 많다), 인문이나 경제경영은 의역을 하더라도 그 의미를 정확하게 전달하는 편이 좋다. 그리고 마지막으로 문학은 번역하는 사람은 스스로 문학가가 되어야 한다. 원서의 뛰어난 문장과 맞먹는 문장을 만들어야 한다. 그래서 제대로 된 문학 번역가는 존중받아야 하는 것인지도 모른다.

그런 의미에서 서양에서 온 것이지만 우리나라 사람들 구미에 딱 맞는, 케첩 같은 문장을 보유하고 있다면 번역가에게 엄청난 무기가 될 것이다.

그러고 보면 케첩이 서양에서 왔다는 그 말 자체가 틀린 것일지도 모르겠다.

케첩이라는 말이 중국어에서 왔다는 사실을 알고 있는 사람은 많지 않다. 스탠퍼드 대학교의 언어학 교수인 댄 주프레스키의 《음식의 언어》를 보면 케첩은 중국어 규즙(鮭汁)에서 유래한 말이라고 한다. 중국인 노동자가 서양으로 이 소스를 가지고 들어왔는데 여기에 서양인의 입맛에 맞게 토마토와 설탕, 우스터소스 등이 첨가되면서 현재의 케첩이 되었다는 것이다. '규'는 연어나 복어 같은 생선을 뜻하는 말이고, '즙'은 우리가 흔히 알고 있는, '과즙' '육즙'이라고 말할 때 사용하는 바로 그 즙이다. 원래 케첩은 젓갈과 비슷한 형태였을 것으로 추측된다.

정리해보면 중국 음식이 서양 음식화되었고, 그 서양 소스를 이용해 일본화한 스파게티를 만든 게 이태리풍 이름이 붙은 나폴리탄 스파게티란 것이다. 각 나라를 거치며 언어가 어떻게 변주되는가를 보여주는 매우 적절한 비유인 듯하다.

이쯤에서 집에서 나폴리탄 스파게티를 만드는 법을 알아보자. 스파게티 면을 삶는 것은 일단 기본이다. 여기에 케첩을 비벼서 나폴리탄 스파게티라고 우겨도 누가 뭐라고 할 사람은 없지만, 그래도 그럴 듯하게 만들려면 약간의 조작을 가해야 한다. 먼저 프라이팬에 기름을 두르고 다진 마늘(편 마늘을 사용해도 되지만 보통 집에는 다진 마늘이 있으니까 그것을 사용하자)을 볶는다. 여기에 가정집 냉장고 있는 다진 소고기, 다진 돼지고기, 버섯, 양파 등을 넣는다(거짓말이다. 보통 가정집에 다진 소고기, 돼지고기, 버섯 등은 잘 없다. 없으면 안 넣어도 된다). 불을 약하게 줄이고 케첩을 넣어서 볶는다. 이 볶는 과정에서 케첩 특유의 냄새와 신맛이 조금 사라진다. 이제 진짜 중요한 과정이 남아 있다. 다른 건 다 없어도 되지만, 이것만큼은 꼭 있어야 한다. 바로 우유다. 우유를 적당량 넣어서 소스의 묽기를 조절한다. 우유의 부드러운 맛이 케첩과 매우 잘 어울린다. 우유를 많이 넣으면 로제소스(토마토와 생크림이 들어간 소스. 장밋빛이 돈다고 해서 로제라는 이름이 붙었다)처럼도 보인다. 소스가 한 번 정도 끓으면 조금 전 삶아 둔 스파게티 면을 넣어서 비비듯이 볶고 오목한 접시에 담아낸다. 플레이팅의 마무리는 역시 파슬리다. 한국 음식에는 깨, 서양 음식에는 파슬리가 정답이다. 파슬리를 뿌려주면 어떤 음식이라도 요리라는 느낌이 난다.

처음 나폴리탄 스파게티를 P와 아이에게 해줬을 때 아무도 케첩으로 만들었다는 것을 눈치 채지 못했다. 시판되는 스파게티 소스인 줄 알았다고 한다. 이것이 우유의 힘이다.

유럽 사람들이 케첩이 들어간 스파게티나 피자를 무시하는 경향이 있다고 말했지만, 케첩은 그렇게 무시받

케첩(catch up)

을 소스가 아니다. 무시하는 이유는 맛있기 때문일지도 모른다. 케첩만 들어가면 모든 것이 해결되기 때문에 자신들이 전통이라고 생각하는 맛이 묻혀 버린다는 걱정이 아닐까?

《성격이란 무엇인가》란 책에 이런 사례가 나온다.

소아과 의사에게 두 엄마가 상담을 받으러 갔다. 한 아이의 엄마는 얼굴에 걱정이 가득했다. 이 엄마는 아이에게 섭식 장애나 빈혈이 있는 것이 아닌지 의심했다. "선생님, 저희 아이는 케첩이 없으면 아무것도 안 먹어요. 뭔가 문제가 있는 것 아닌가요? 어쩌면 좋아요?" 의사는 두 번째 엄마를 만났다. 두 번째 엄마는 별로 걱정이 없어 보였다. 의사는 두 번째 엄마에게 물었다.

"아이에게 아무 문제가 없나요?"

"없어요." 두 번째 엄마가 답했다.

"없다고요?"

"그럼요. 케첩만 주면 못 먹는 게 없는데 무슨 걱정이에요?"

원래 이 사례는 외향적인 사람일수록 사건을 긍정적으로 받아들이고 내향적인 사람은 비판적인 정보를 먼저 받아들인다는 것을 말하는 사례로 사용되었지만, 나에게 중요한 의미로 다가온 것은 케첩은 누구나 좋아한다는 것이다. 누구나 좋아하는 것을 만든다는 게 결코 쉽지 않음을 모두 잘 알고 있을 것이다.

sauce tip

김치볶음밥은 한국인이라면 누구나 좋아하는 음식이지만, 매워서 잘 못 먹는 아이들이 있다. 아이들을 위한 김치볶음밥 만드는 법이다. 먼저 김치를 물로 씻는다. 그리고 씻은 김치를 버터에 볶는다. 버터와 김치가 의외로 잘 어울린다. 여기에 그냥 밥을 볶아도 되지만 아무래도 맛도 심심하고 색깔도 노르스름한 것이 김치볶음밥 같지 않다. 여기 투입되는 게 케첩이다. 맛과 색깔 모든 것을 잡을 수 있다. 케찹으로 볶은 볶음밥을 오목한 접시에 담고, 계란 프라이를 하나 올린다. 마지막으로 참깨를 솔솔 뿌리면 완성이다. 밥에 케첩을 뿌려 먹는다고 하면 다들 자신이 이상한 표정을 지으면서 상대에게 이상한 사람이라고 말하지만 김치볶음밥에 김치와 케첩을 볶아서 넣었다고 하면 아무도 뭐라고 지적하지 않는다. 참 이상하다.

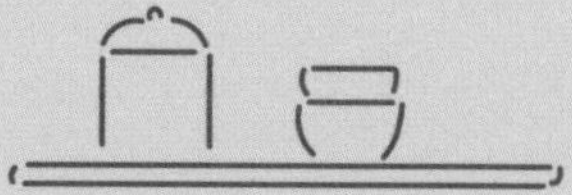

sauce 3

그것이 효과가 있다면 그대로
굴소스

이상하게 아들은 해물을 먹지 못했다.

튀겨주면 신발도 맛있다고 하는데, 오징어튀김이나 생선까스도 먹지 못했다. 오히려 생선보다 신발을 튀겨주면 잘 먹었을 수도 있다. 아주 어릴 때부터 생선을 구워서 살만 발라 밥 위에 올려줘도 뱉어 버렸다. 아이들이 좋아하는 조개류나 갑각류도 마찬가지였다. 간혹 친척들이 모였을 때 조카들을 보니 오징어를 서로 달라고 난리였고, 대게나 킹크랩은 돈이 없어서 못 사주는 정도였다. 큰마음 먹고 한 마리를 산다 하더라도 어른들은 아이들이 먹다가 남긴 다리 몇 개 모아서 대게라면을 끓여먹으며 그래도 게 향이 난다고 감지덕지하는 게 전부였다.

다행인 점은 아이에게 알레르기가 있지는 않다는 것이다. 해물 특유의 냄새를 조금 역겨워한다는 것이 문제였을 뿐이다. 알레르기가 아닌 이상 아이의 입맛을 잡아 보겠다고 어려서부터 많은 시도를 해봤다. 앞서 말했지만 튀겨도 주고, 갈아서 전으로 만들어도 주고, 구워도 주고, 찜도 해줘 봤다. 결국 시간이 지나 아이가 무엇을 먹고, 무엇을 먹지 못하는지만 알아냈을 뿐, 입맛을 바꾸지는 못했다.

아이를 데리고 여행을 하다 보면 해물밖에 먹을 게 없는 동네를 갈 때가 있다. 바닷가라든지 바닷가 같은 곳 말이다. 그곳을 가면 주변이 모두 조개구이집이든지, 해물칼국수집이든지, 횟집이다. 하긴 바닷가에 굳이 굳이 몇 시간 동안 달려와서 삼겹살을 구워먹고 싶은 사람이 있을 확률은 매우 낮을 테니 가게의 다양성이 떨어지는 건 이해할 만하다. 그건 나나 P도 마찬가지다. 혹시 삼겹살집이 있다 하더라도 들어가고 싶지 않다.

그러면 우리는 가게에서 작은 컵라면을 하나 사서 들어간다. 횟집에 가서, 혹시 내가 진상이 아닐까 눈치를 보며, "저희는 회를 먹을 건데, 아이가 해산물을 먹지 못해서 그러니 컵라면 좀 먹여도 될까요?"라고 뜨거운 물을 함께 부탁하곤 했다. 아이가 어렸을 때는 대부분의 사장님이 흔쾌히 부탁을 들어줬다. 흔쾌하지 않은 것은 우리의 마음뿐이었다. "아이에게는 라면을 먹이고 자기들은 회를 먹어? 그게 입으로 들어가냐?"라고 아무도 말하지는 않았지만 우리 마음속에서는 그런 소리가 들려왔다. 하지만 어쩌겠는가? 회가 맛있는 것을…….

아이가 유치원에서 초등학생으로 넘어갈 무렵, 난 청운의 뜻을 품고 다니던 회사를 관두고 '프리랜서'란 직함을 앞에 달기로 작정했다. 눈치 보면서 회사를 다니느니, 외주 편집일을 하면서 글도 쓰면 나름 밥 먹고 사는 데 지장이 없으리라 큰 소리를 뻥뻥 쳤지만, 세상은 그리 호락호락 하지 않았다. 일이 꾸준히 들어오는 것도 아니고, 일은 꾸준히 하는데 돈이 꾸준히 안 들어오기도 했다. 프리랜서라고 쓰고 백수라고 읽는 나날이 지나가면서 P의 눈치가 보이기 시작했다. P는 아침마다 아이를 학교에 데려다 주느라 일찍 일어나, 아침을 먹이고, 씻기고, 본인도 씻고, 내 배웅을 받으며 집을 나섰다. 휑하니 비어 있는 집을 보면 나는 집안에 아무 보탬이 되지 않는 듯한 공허함을 느끼곤 했다. 그래서 나도 '자기효능감'을 되찾아보고자 아이의 아침밥은 내가 책임지겠다고 했다. 아이의 아침밥만 준비해줘도 아침 시간이 한결 여유로워질 테고, 어차피 음식 만들기를 좋아하기 시작했으니 그것도 괜찮았다.

문제는 앞서 말했듯이, 아이의 입맛이었다. 해물류를 제외하고 아이의 입맛에 맞추려 하니 밥상에 올라오는 것은 소시지나 햄 같은(아이에게 자주 먹이고 싶지 않은) 음식뿐이었다. 급히 반찬이 없을 때는 집에 있는 각종 채소와 밥을 넣고 케첩을 뿌린 볶음밥을 해주곤 했다("우리 아이는 케첩만 주면 무엇이든 잘 먹어요"의 우리집 버전). 문제는 같이 아침을 먹는 내가 지겨워지기 시작했다는 것이다. 케첩 말고 뭔가 다른 것이 필요했다. 케첩은 아니지만 케첩만큼 강렬하고 만능인 그 무엇인가.

'만능?' 만능이라고 하면 역시 중국요리의 만능 소스인 굴소스다. 지금이야 백종원의 만능 양념 시리즈가 유행이지만 당시는 그런 게 유행하기 전이었다. 그 시기에 그야말로 '만능'이라고 이름 붙일 수 있는 것은 굴소스가 유일했다. 굴소스 하나만 있으면 우리가 들어봤음직한 중국요리를 상당히 많이 만들 수 있다. 이것으로 아침밥 문제는 간단히 해결된 것인가? 아니 그렇지 않다. 세 번째 반복하는 이야기지만, 아이는 '해물'을 싫어한다. 굴은 해물이다. 그렇다면 굴로 만든 소스는 해물소스다. 난관에 봉착했다. 당시는 내가 프리랜서인지 백수인지의 문제보다, 아이의 아침밥이 중대사였다. 그것으로 자기효능감을 찾고 있을 때였으니까.

굴소스의 유래에 관한 여러 가지 이야기가 있다. 어느 요리사가 굴을 이용한 음식을 만들고 있었는데, 시간 가는 줄도 모르고 잡담을 하다가 요리를 보니, 굴이 새까맣게 될 정도로 조려져 있었다고 한다. 요리사는 이 굴요리를 버리려다가 맛을 보니 매우 좋아서 이를 소스로 사용했다고 하는 설이 하나 있다. 하지만 이 설은 사실이 아니라 일종의 도시전설일 확률이 높다. 원래 굴소스라는 게 굴을 조려서 만드는 게 아니기 때문이다. 굴소스는 기본적으로 우리나라의 젓갈 같은 방식으로 굴을 소금에 절여 발효되었을 때는 나오는 국물(제조 과정이 벌써 비린 느낌이다. 아이가 과연 먹을까?)에 여러 가지 조미료를 넣어서 만든다. 우리가 알고 있는 까만색 굴소스는 이금상이라는 사람이 만든 것이다. 위의 굴 국물에 각종 조미료(그중에 L-글루타민산나트륨도 포함돼 있다. 맞다 MSG다)를 첨가하고 전분 가루 등으로 걸쭉하게 만들고 나서 카라멜 소스로 색을 입힌 것이다. 이금상의 굴소스는 대히트를 하고 이금상이 세운 회사는 중국 소스계의 일인자로 떠오른다. 이금상이 세운 회사가 바로 이금기유한공사다. 우리가 흔히 보는 굴소스는 거의 이 회사에서 나온다고 봐도 된다.

일단 테스트를 시작한다. 굴소스를 가장 편하게 이용하는 방법은 볶음밥 만들기다. 집에 있는 각종 재료를 프라이팬에 넣고 볶다가 굴소스와 밥을 넣고 마지막으로 한 번 더 볶으면 되는 아주 간단한 요리다. 마지막에 참기름을 살짝 뿌려주면 더 중국스러운(?) 맛이 난다. 조심해야 할 점은 생각보다 굴소스가 짜다는 것이다. 케첩은 마음껏 뿌려도 되지만 굴소스는 아니다. '조금 적은데?' 싶을 정도만 넣어야 한다. 밥 한 그릇에 반 스푼 정도면 충분하다. 이것은 개인 경험에서 나온 것이니 믿어도 된다(셀프 철판 볶음 식당에 가서 굴소스를 너무 많이 넣는 바람에 음식을 거의 못 먹은 경험이 있다).

이제 아이가 먹느냐 안 먹느냐가 관건이다. 결과부터 말하자면 '잘 먹었다.' 분명 해산물은 잘 먹지 못하는 아이였지만 해산물을 베이스로 한 소스는 잘 먹었다. 그 이유는 알지 못하지만 소스에서는 해산물 특유의 냄새가 나지 않는 것 같았다. 그렇다면 먹이면 된다.

의학계에는 이런 말이 있다. "이유를 알지 못하지만 효과가 있는 치료를 멈추지 마라." 나도 마찬가지다. 아이가 좋아한다면 굴소스로 만들 수 있는 다양한 음식을 만들면 된다.

굴소스를 응용할 수 있는 분야는 무궁무진하다. 대부분 굴소스를 사서는 내가 처음에 그런 것처럼 '굴소스 볶음밥' 몇 번 하다가, 찬장 속에 처박아둔다. 그러다 유통기한이 지나서 버리기 마련이다. 그건 굴소스의 가능성을 져버리는 짓이다.

먼저 손님이 왔을 때, 혹은 특식을 먹고 싶을 때 '급하게' 응용할 수 있는 분야가 많다.

첫 번째는 '고추잡채'다.

준비물은 피망 세 개 정도, 파 한 개, 양파 반 개, 잡채용 고기 300그램 정도, 전분 한 스푼, 마지막으로 굴소스다. 피망은 채를 썰어 둔다. 양파도 채를 썬다. 파는 얇게 썬다. 칼질만 해놓으면 나머지 과정은 약 10분이면 끝난다.

프라이팬에 기름을 두르고 데운다. 그리고 썰어 놓은 파를 볶는다. 중국음식(내가 하는 것은 소위 '야매'지만)은 이렇게 파를 볶는 것부터 시작한다. 앞으로도 자주 나오는 방법이니 꼭 외워두자. 파가 적당히 볶아지면, 잡채용 돼지고기를 같이 넣고 볶는다. 마트나 정육점에 가면 잡채용 고기는 약 100그램에 1000원 꼴로 저렴하게 판매한다. 삼겹살 종속에서 벗어나자. 고기가 익으면 간장과 맛술을 한 스푼 정도 넣고 볶아서 향을 낸다. 이 과정은 귀찮으면 생략해도 된다. '굴소스'만 있으면 다 해결되니까 말이다. 그리고 굴소스 한 스푼과 피망, 양파 채 썬 것을 넣는다. 피망이 숨을 죽을 때까지만 볶으면 된다. 피망이 적당히 숨이 죽었으면 전분을 물에 탄 전분물을 뿌린다. 그러면 물기가 없어지고 걸쭉해지는 게 느껴질 것이다. 마지막으로 참기름을 뿌리면 끝.

혹시 조금 더 신경 써야 하는 손님이 왔다면, 꽃빵과 고추기름을 함께 준비한다. 마트 냉동코너에 가면 냉동 꽃빵을 판다. 살짝 쪄서 같이 내놓으면 훌륭하다. 그리고 마지막으로 퍼포먼스가 중요하니까, 손님 앞에 접시를 내고 고추기름을 한 바퀴 돌려준다. 고추기름도 가게에 가면 팔지만 별로 향이 좋지 않으니 간단하게 집에서 만들어보자.

다진 마늘, 고춧가루, 파, 식용유, 참기름만 있으면 상당이 향이 좋은 고추기름을 만들 수 있다. 먼저 전자레인지용 그릇을 하나 준비한다. 여기에 다진 마늘, 다진 파, 고춧가루를 모두 넣고 식용유를 재료가 잠길 때까지 넉넉하게 따른다. 그리고 참기름을 조금 첨가한다. 이 기름이 들어 있는 그릇을 전자레인지에 넣고 약

1분간 돌리고, 기름이 넘치지 않는지 확인한 후 30초씩 세 번 정도 돌려준다. 연속으로 돌리면 너무 뜨거워져서 기름이 레인지 안에서 넘치기 때문에 이렇게 나눠서 가열하는 것이다. 이 상태에서 식히면 맛있는 고추기름이 된다.

이 정도만 준비해서 손님 앞에(혹은 P 앞에) 내놓으면 내 노력에 비해 요리를 잘한다는 소리를 듣는다.

또 중국식 계란탕도 간단히 만들 수 있다.

조금 전 고추잡채를 만든 준비물에 게맛살과 버섯류 조금, 그리고 계란 두 개만 있으면 된다. 맛은 굴소스에 맡기자.

프라이팬에 기름을 조금 두르고(이 정도로 굴소스와 친해졌으면 궁중팬이나 웍 하나쯤은 있어야 한다) 다진 파를 볶는다. 파가 잘 볶아지면 고소한 향이 살짝 올라온다. 이때 버섯과 양파 혹은 홍당무가 있으면 같이 넣고 볶는다. 계란탕을 할 때는 좀 느끼한 맛이 올라오니 고기는 안 넣어도 된다. 여기에 굴소스를 넣고 같이 볶다가 물을 짤랑짤랑 하게 붓는다. 만약 근처에 아이나 P 혹은 손님이 있다면 이 부분에서 주목을 좀 끌어준다. 기름 위에 물을 부우면 '치잇' 하는 활기찬 소리와 함께 순간적으로 수증기가 올라온다. 별것 아니지만 요리하는 것처럼 보인다.

원래 그냥 물이 아니라 닭육수나 치킨 스톡을 녹인 육수를 사용해야 하지만 지금은 없으니 그냥 맹물을 붓고 끓인다. 물이 끓으면 간을 한 번 봐주자. 싱거우면 소금을 넣어 간을 맞춰야 한다. 굴소스를 더 넣어서 간을 맞추려 하면 색이 진해져서 계란탕 같지 않아진다. 여기에 게맛살을 찢어서 넣고 계란도 풀어서 넣는다. 계란은 우리나라식 계란탕을 할 때보다 적게 넣는 게 좋다. 계란이 익었으면 후춧가루와 참기름을 뿌리고, 마지막으로 전분물을 넣어서 걸쭉하게 만든다. 이상하게도 같은 굴소스로 만든 것인데 다른 요리인 듯한 느낌이 난다.

조금 더 퍼포먼스 위주로 나가고 싶다면 중국식 누룽지탕을 추천한다. 내가 음식을 말하면서 퍼포먼스를 강조하는 이유가 있다. 퍼포먼스는 환경을 만들고 환경은 맛을 만들기 때문이다.

내가 영화계를 기웃거리고 다닐 때, 운이 좋게도 제1회 부산국제영화제에 가볼 수 있었다. 제1회인 만큼 모든 것이 신기했다. 남포동 거리에는 사람이 넘쳤고, 표를 들고 이리저리 다니며 영화를 볼 수 있는 그 순간이 행복했다. 정말 축제의 한가운데 내가 있구나, 하는 기분이었고 영화의 천국이 있다면 이곳이구나, 하는 행복한 착각을 했다. 그중 압권은 수영만 요트장에 초대형 스크린을 설치하고 수천 명이 같은 영화를 감상하는 자리였다. 바다를 배경으로 스크린이 서 있고, 점점 날은 어두워졌다. 그리고 '영화와 같은 일'이 일어났다. 빛줄기가 어둠을 뚫고 스크린을 때리자 관객 수천 명이 순식간에 영화에 빠져들었다. 〈시네마천국〉에서 알프레도가 영사기를 돌려 건물 벽에다 영화를 틀어주는 장면을 연상케했다. 당시 상영된 영화는 〈파고〉였다. 시골 마을에서 일어난 납치 사건과 살인 사건을 산달이 다가온 여경찰이 수사하는 블랙코미디 영화다. 잔인함과 유머가 섞여 있는데다가, 미국식 설정이 많아 한국인이 그리 선호하는 형식의 영화는 아니다. 정식으로 이 영화가 국내에 개봉했을 때, 서울 관객수가 10만 명이 채 되지 않았다. 별로 히트한 영화가 아니란 말이다.

그런데도 불구하고 부산영화제의 그 환상적인 분위기 덕분에 수천 명의 관객이 동시에 웃고 즐겼다. 심지어 영화 중 파쇄기에 사람을 넣고 갈아버리는 장면이 있는데, 관객 대부분이 웃음을 터트렸다. 이 영화의 블랙코미디 부분을 정확히 이해한 것이다. 나 또한 내 인생 최고의 영화 중 하나로 〈파고〉를 꼽는 이유가 이 분위기에 휩쓸려 버렸기 때문이다.

중국식 누룽지탕은 이런 분위기를 연출하는 음식이다. 만드는 방법은 앞에서 말한 중국식 계란탕과 별반 다를 게 없다. 중국식 계란탕에 계란을 빼고 해물을 조금 첨가했다는 정도? 인터넷 검색을 하면 중국식 누룽지를 판매하는 것이 보일 것이다. 이것을 사서 기름에 튀기기만 하면 된다. 먼저 튀긴 누룽지를 오목한 접시에 담고 손님상(가족상도 상관없다)에 내놓는다. 튀긴 누룽지에 계란탕(같은 것)을 부우면 기름과 수분이 만나 자글자글 끓는 소리를 낸다. 마치 "저는 맛있을 거예요"라고 스스로 말하는 듯하다. 이 소리 자체가 퍼포먼스이며 분위기 메이커다. 맛이 살짝 없어도 다들 이해할 것이다. 분위기가 좋았으니까.

옥스퍼드 대학교의 심리학자 찰스 스펜서는 가장 맛있는 감자칩이란 무엇인가를 연구했는데, 연구 결과 씹을 때 바삭거리는 소리가 가장 크게 나는 감자칩을 사람들이 좋아한다는 것을 밝혀냈다. 이그노벨상을 받을 정도의 엉뚱한 연구였지만, 소리 역시 맛이란 사실을 증명해낸 셈이다.

추가로 계란탕에 식초와 조금 전 만들어둔(안 만들어뒀을 수도 있지만) 고추기름을 뿌리고 '산라탕'이라고 우겨도 된다.

마지막은 동파육이다. 돼지고기 삼겹살 덩어리와 마늘 등(수육을 만들 때 냄새 잡는 용도의 재료) 그리고 청경채가 필요하다. 원래 동파육은 굽고, 찌고, 조리는 과정을 거쳐야 하고 팔각, 정향 등의 향료가 필요하지만 지금은 그냥 모양만 비슷하게 만들 예정이다. 먼저 삼겹살을 잘 삶는다. 마늘과 된장 등을 넣어서 냄새만 잡으면 된다. 물이 끓고 나서 30분 정도 지나면 고기는 다 삶아진다. 이제 고기를 적당한 크기로 자르고, 간장과 설탕 그리고 굴소스를 푼 물에 조린다. 오래 졸일수록 좋다. 젓가락으로 고기를 자를 수 있을 정도로 연해질 때까지 졸이는 게 비법이다. 물이 거의 졸아들면 청경채를 넣고 참기름을 조금 뿌려서 빛깔을 낸다. 청경채의 숨이 죽을 정도면 끝이다. 접시에 조심스럽게 고기를 담고(말했듯이 고기가 매우 부드러워질 때까지 졸여야 한다), 청경채를 옆에다 장식하고 조려진 국물을 뿌린다. 다른 향신료가 없어서 진짜 동파육 맛은 아니지만 충분히 맛있다. 여기서 청경채는 필수다. 청경채가 장식돼 있어야 사람들이 '동파육'이라고 믿는다.

물론 지금 소개한 요리법은 모두 '정통'도 아니고 매일 아침 이런 것을 아이에게 해준다는 것도 아니다. 하지만 굴소스 하나로 '중국의 맛'을 충분히 느낄 수 있으며, 아들의 입맛도 어느 정도 충족시킬 수 있으니 그것만으로도 충분히 가치 있는 물건이라고 할 수 있다는 의미다. 충분한 효능을 보이고 있는 셈이다. 사람은 굴소스처럼 자신이 가치가 있다고 느낄 때 보람을 느낀다고 한다(굴소스가 보람을 느꼈는지는 잘 모르겠다). 회사에서 열심히 일만 하는 사람은 스트레스를 받는다. 그러나 자신의 일이 회사에 충분히 도움이 된다는 믿음이 있다면, 그것에서 보람을 찾는다. 일본 교세라의 창업자인 이나모리 가즈오는 회사의 각 부서를 하나의 회사처럼 운영했다. 각 부서의 모든 직원이 자신이 하는 일이 회사에 얼마의 돈을 벌어다줬는지 알 수 있도록 정교하게 장부를 만든 것이다. 그러자 직원들은 자신이 하는 일에 가치가 있다고 여겼고, 회사의 수익은 올라가기 시작했다. 이것을 '아메바 경영'이라고 부른다. 자기효용감이 성과로도 이어진다는 증거다.

하지만 그 반대의 경우도 있다. 자기효용감을 찾으려고 있지도 않은 일을 만들고 그것에서 만족감을 얻는 사람이 있다. 물론 프리랜서(백수) 시절에 내가 그랬다는 것은 아니다. 아무튼 아니다.

그건 그렇고 이제 아이는 컸고 나도 프리랜서를 관두고 회사를 다니며 다른 쪽에서 충분한 자기효용감을 찾았는데 아침밥은 여전히 내가 차리고 있다. 억울하다는 건 아니고, 아무튼 그렇다는 것이다.

sauce tip

보통 집에서 짜장을 할 때는 분말짜장을 사서 만든다. 그런데 분말짜장으로는 봉지에 쓰여 있는 레시피대로 만들어도 중국음식점에서 사먹는 그 맛을 내기 힘들다. 인스턴트 짜장과 중국집 짜장은 맛이 확연히 다르다. 카레는 나름 비슷한데 말이다.

중국집 맛을 내려면 춘장과 미원, 설탕이 필요하겠지만 간단하게 굴소스를 이용해서 비슷한 맛을 낼 수 있다.

먼저 파를 볶는다. 이건 기본이다. 그리고 짜장용 돼지고기를 넣고 볶는다(마트에 가면 보통 카레용이라고 적혀 있다). 고기가 어느 정도 익으면 양파를 넣고 볶는다. 다른 재료가 있다면 더 넣겠지만 없다면 일단 이 시점에 굴소스를 넣고 조금 더 볶는다. 적당히 볶아졌으면 짜장가루를 넣고 볶는다.

시판용 짜장가루에는 전분이 들어 있어 금방 뭉칠 수 있으니 조금씩 물을 첨가해서 점도를 맞추도록 하자. 이 정도만 해도 가게에서 사먹는 맛이 조금 난다. 추측으로는 굴소스에 함유

돼 있는 MSG가 그런 효과를 내는 것이 아닌가 싶은데, 그게 무슨 상관인가. "이유는 알지 못하지만 효과가 있는 한 치료를 멈추지 마라."

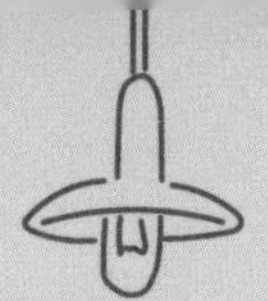

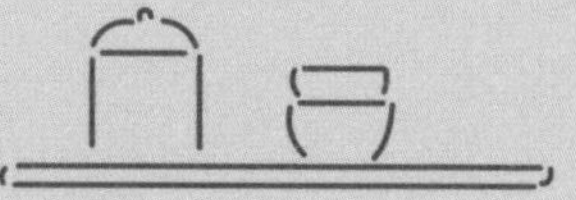

sauce 4

비밀은 작은 것부터 풀리기 시작한다

쯔유

예전에 내가 담당하던 J 작가와 교보문고에 갔다가 미진이란 식당에서 밥을 먹은 적이 있다. 지금은 사라진 피맛골에 위치하고 있던 이 집은 메밀국수가 맛있다고 들었다. 알고 보니 1954년부터 식당을 해온 전통이 있는 집이라고 한다. 어쨌든 여름이었고, 메밀국수를 좋아하는 터라 당연히 메밀국수를 시켰다. J는 미식가인 편이라 그가 추천하는 메뉴가 실패하는 경우는 거의 없었다. 반면 난 맛있는 것을 좋아하지만, 아주 맛있는 것과 맛있는 것의 차이를 잘 모른다. 그냥 맛없지 않으면 맛있는 것이다. 그 기준으로 볼 때 메밀국수가 맛이 없었던 적이 없다. 전통이 있는 집이든 동네 분식집이든 면의 종류가 조금 다를 뿐 그 달짝지근한 간장 육수에 찍어 먹으면 다 맛있었다.

미진의 메밀국수는 미리 말아서 나오는 것과 채반

에 올려서 나와 그것을 간장에 찍어 먹는 두 가지 스타일이 있었는데, 나는 메밀국수는 '부먹'보다 '찍먹'을 선호해서 채반 쪽을 선택했다. 그러면 채반 하나에 두 덩이 정도의 메밀국수가 나오고, 각자의 앞에 간장 소스가 놓인다. 간장 소스에 무즙, 고추냉이, 쪽파를 적당량 넣고, 메밀국수를 살짝 담갔다가 먹으면 입안에 고유의 향이 맴돈다. 말아 먹는 것보다 찍어 먹는 것을 선호하는 데는 간을 스스로 조절할 수 있다는 이유와 면이 조금 더 꼬들꼬들한 상태에서 먹는다는 이유가 작용하는 듯하지만, 앞에 앉아 있는 미식가 J에게 '메밀국수 좀 먹을 줄 아는군' 하는 평가를 받고 싶은 이유도 있었다. 일본에서의 메밀국수는 찍어 먹는 것이 기본이고 정말 '찍어' 먹어야 한다. 소스가 짜기 때문에 우리처럼 말아 먹었다가는 못 먹는다. 일본인들은 소스보다 면 자체를 더 중요시하는 인상이었다. 반면 우리나라 메밀국수의 소스는 들이킬 수 있을 정도로 싱겁고 조금 더 달다.

나는 미진의 메밀국수가 만족스러웠는데 단 한 가지, 양이 좀 부족하다고 느꼈다. 양이 부족한 느낌은 미진의 문제가 아니라 내 문제다. 메밀국수를 먹을 때마다 양이 부족하다고 느낀다. 채반 위에 있는 국수를 두세 번 젓가락질을 하면 끝이 난다. 그렇다고 하나 더 주문하기에는 좀 민망하다. 칼국수는 기본적으로 푸짐하게 나오고 국물을 같이 먹는 음식이다 보니 모자라다는 느낌을 받는 적이 별로 없는데, 메밀국수는 국물 위주의 음식이 아니라서 포만감을 주는 면에서 문제가 있는 듯하다.

게다가 어울리는 반찬도 이렇다 할 것이 없다. 김치나 단무지같이 강한 것을 같이 먹으면 메밀국수의 맛이 죽는 느낌이다. 메밀국수를 먹는 방식은 아무래도 일본에서 유래했을 터인데 재료가 같다는 이유 때문인지 메밀국수 전문점을 가면 메밀전병도 같이 판다. 메밀전병은 소로 김치와 고기를 사용하기 때문에 역시 맛이 강해서 메밀국수의 맛을 죽인다는 것이 단점이다.

아이러니한 말이지만 난 메밀국수를 좋아해서 외식을 할 때는 메밀국수를 잘 시키지 않는다. 맛있는데 양이 적어서 불만족스럽게 되는 것을 미연에 방지한다고나 할까? 주말이 즐거울수록 월요일이 싫어지는 것과 같다고 하면 비유가 맞는지 모르겠다. 그래서 그런지 J와의 식사가 만족스러웠음에도 불구하고 미진을 그 이후로 다시 찾지는 않았다. 지금은 피맛골이 사라져 미진도 자리를 옮겼다고 한다. 새로운 피맛골(사실 피맛골의 느낌은 전혀 없는 그냥 건물이다)에서 영업을 계속한다고 하니, 관심 있는 분들은 찾아가 보시길.

메밀국수를 좋아하니 집에서 푸짐하게 만들어 먹으면 되지 않을까 싶지만, 이 간장 소스의 정체를 당시에는 전혀 몰랐다. 간장에 적당히 설탕을 탄다고 해결될 문제가 아니었다. 그래서 메밀국수는 간혹 인스턴트 제품을 집에서 끓여먹는 정도로 해결하고, 항상 '먹고 싶다' 정도의 마음만 가지고 있었다.

어느 날인가 P가 대형마트에서 우동세트라는 것을 사 가지고 왔다. 세트 안에는 우동소스(일본 글씨가 쓰여 있었다), 우동면(비닐 포장이 돼 있는데 우동 면발이 들어 있다. 건면이 아닌데 놀랍게도 실온 보관이 가능하다고 한다), 텐가스(튀김찌거기란 뜻인데 이름 그대로 튀김을 할 때 기름 위에 뜨는 튀김가루를 모아두는 것이다. 그런데 우동세트에 들어 있는 텐가스는 김가루 등이 섞여 있는 것으로 봐서 우동용으로 따로 제조하는 듯하다), 시치미(일곱 가지 맛이라는 뜻의 가루 소스. 고춧가루, 깨 등이 섞여 있다)가 들어 있었다. 제조법은 매우 간단하다. 면을 끓는 물에 1분 정도 삶은 다음 건져두고, 물과 우동소스를 적당히 섞어서 끓인다. 이 우동육수를 건져둔 면에 붓고, 텐가스, 시치미를 취향에 맞게 뿌리면 일본식 우동 맛이 난다. 시치미를 뿌리지 말고 쑥갓을 한두 줄기 넣고 고춧가루를 뿌리면 고속도로 휴게소에서 사먹는 우동 맛이다. 거기에 어묵을 넣으면 나와 아이가 고속도로 휴게소를 들를 때마다 먹는 '오뎅우동'이다. 맛도 괜찮고 변주도 가능해서 우동세트를 종종 사먹었는데, 세트라는 것에 따라오는 치명적인 단점이 있었다. 각각의 재료가 떨어지는 속도가 다르다는 점이다. 면이 먼저 떨어질 때도 있고, 재료가 먼저 떨어질 때도 있다. 면은 그래도 따로 구입하기가 쉽다. 다른 재료도 세트에 들어 있는 것에 비해 양이 많기는 하지만 따로 구입할 수 있었다. 그런데 가장 중요한 우동소스는 어떻게 따로 구해야 할지를 몰랐다.

마트에 가서 "우동소스 주세요"라고 하면 구석에 있는 소스 코너를 알려준다. 멸치맛, 고기육수 맛 소스(상표명이 '국시장국'이었다)를 팔지만 내가 아는 그 소스가 아니었다. 난 맛있는 것을 좋아하고, 음식 만드는 것도 (어쩌다가) 좋아하지만 음식에 '기필코'라고 표현할 만큼 끈덕지게 매달리는 편은 되지 못하기에 거기서 물러났다.

그러다가 우동세트에 포함돼 있던 소스통을 보니, つゆ라고 쓰여 있었다. 발음대로 읽으면 '쯔유'다. 쯔유는 의외로 우리나라의 마트 이곳저곳에서 팔고 있었다.

게다가 인터넷에 검색하면 쯔유를 만드는 법도 나온다. 집에서도 쉽게(?) 만들 수 있는 간장 소스였던 것이다.

하지만 쯔유를 직접 만들어 먹을 생각까지는 들지 않았다. 그것 역시 '기필코'라는 생각이 들지 않았다고나 할까? 쯔유의 맛을 우리나라의 간장 소스와 구분되게 하는 비장의 재료는 가츠오부시(건조한 가다랭이를 대패 등으로 깎아 놓은 것. 정말로 대팻밥처럼 생겼다)다. 가츠오부시는 일본식 전 요리인 오코노미야키와 문어풀빵인 타코야기에도 뿌려서 먹지만, 우리나라 가정에서는 별로 사용할 일이 없는 재료이기에 그냥 마트에서 쯔유를 사기로 했다. 간장이나 고추장도 이제 직접 담가 먹는 집이 거의 없는데 직접 쯔유를 만들 정성까지는 없으니 말이다.

그렇게 우리 집에서 쯔유는 우동을 만드는 간장 소스라는 공식이 생겼다. 아이의 아침밥을 준비할 때 사용할 든든한 무기 하나가 더 생긴 셈이다. 아침에 딱히 할 것이 없을 때 라면을 끓여 주는 건 왠지 마음에 걸린다. MSG가 인체에 무해하다는 연구 결과가 이미 나왔지만, 그와 별개로 포화지방과 나트륨 양이 지나치게 높다는 비판은 계속되고 있는 상황이니 조리 시간이 비슷하게 걸린다면 라면보다 우동을 선호하게 된 것이다. 개인적으로 라면을 싫어하지 않는다. 다만 아침에 아이에게 주는 것에 죄의식이 생긴다는 것뿐이다(쯔유도 나트륨 함량이 높을지 모른다).

생각을 조금 넓혀보면 쯔유는 우동 이외에도 사용처가 많다. 집에서 어묵탕을 해 먹어본 적이 있는 사람이라면 이해할 만한 내용인데, 마트에서 파는 어묵탕은 우리가 포장마차에서 먹는 '오뎅'과는 맛이 완전히 다르다. 오뎅을 우리말로 순화해서 어묵탕이라고 부른다는 것은 알고 있지만 사실 그 가루 수프가 들어 있는 어묵탕과 길거리 오뎅은 완전히 다른 음식이라는 것을 우리는 알고 있다. 날이 쌀쌀해지면 연신내 지하철 역 앞 포장마차에서 오뎅을 판다. 김이 모락모락 나는 그것을 보고 있으면 배가 고프지 않더라도 먹고 싶은 마음이 든다. 꼭 오뎅을 먹지 않더라도 떡볶이와 함께 주는 그 따뜻한 국물만은 당길 때가 있다.

그 길거리 오뎅을 쯔유가 있으면 거의 완벽하게 재현할 수 있다. 일단 커다란 통에 무를 넣고 물을 끓인다. 사정이 허락한다면 멸치와 다시마도 같이 끓이면 좋겠지만, 없어도 별 상관없다. 어차피 쯔유가 그런 재료를 같이 넣고 끓인 간장이니까. 그래도 무는 있는 편이 좋다. 시원한 맛을 책임지는 것은 무다. 그리고 오뎅을 한 참 끓인 후에는 물러진 무만 먹어도 맛있다(일본에서는 오뎅에 들어 있는 무도 따로 판매한다. 나름 무 매니아도 있다). 조금 칼칼한 맛을 원한다면 베트남 고추 몇 개나 고추씨를 넣고 끓인다. 물이 끓으면 쯔유로 간을 맞춘다. 무가 익을 때쯤 어묵을 넣는다. 이때 여러 종류의 어묵을 넣기보다 납짝어묵이라고 불리는 넓은 어묵만 넣는 편이 더 길거리 오뎅 같은 느낌을 준다, 납짝어묵을 세 번 접어 대형마트나 다이소에서 파는 어묵꼬치에 끼워서 '오뎅' 모양을 만들어 국물에 넣으면 완벽하다. 모양이 중요하다. 분위기나 모양이 맛에 영향을 준다는 것은 셰프들이 그렇게 플레이팅에 목숨을 거는 것으로 간접 증명해 주었다.

또 손님들이 왔을 때 샤브샤브 육수로 사용해도 좋다. 소고기를 준비하고(우둔살 같은 부위가 좋다. 등심은 기름기가 많아서 금방 육수가 느끼해진다), 배추, 양배추, 청경채, 양파, 감자 등 끓는 물에 넣어도 금방 숨이 죽지 않는 채소를 접시에 담아서 내면 준비 끝이다. 샤브샤브를 먹다가 육수가 졸아들면 물과 쯔유를 약 7대1 정도로 혼합하고 후춧가루를 조금 뿌려서 만든 육수로 보충

하면 되니 손님 대접 한 번 간단하다. 샤브샤브는 어차피 스스로 요리해 먹는 음식이다. 대접하는 입장의 간편함에 반비례해 손님 입장에서는 잘 대접받는다는 느낌을 받으니 그 효율이 무척 뛰어나다. 고기가 떨어질 때쯤 되면 샤브샤브 국물에서 쯔유라기보다 고깃국 같은 맛이 난다. 이 국물에 칼국수를 끓어도 좋고, 계란과 찬밥을 이용해 죽을 끓여도 좋다.

쯔유라는 간장 소스를 알면서부터 개인적인 식생활이 매우 풍족해졌지만 그때까지 시도하지 않은 것이 있었다. 쯔유는 우동소스라는 선입견이 작용한 탓인지 차갑게 먹는다는 생각을 못한 것이다. 조금만 인터넷을 검색해보면 될 것을……. 어찌 보면 선입견이라는 게 시야를 매우 좁게 만드는 모양이다.

그날도 그냥 집에 무가 있었기 때문에 시작했다. '무를 갈아서 쯔유에 넣으면 메밀국수 소스와 비슷한 맛이 날까?' 하는 생각이 문뜩 떠올랐다. 소면을 삶고 쯔유에 물을 부어 적당한 농도를 맞추고, 무를 강판에 갈아 무즙을 내서 섞어보았다. 그동안 무엇으로 만드는지 알지 못해서 집에서 해 먹지 못한 메밀국수 소스의 맛이었다. 나중에 알고 보니 쯔유가 메밀국수 육수의 베이스라고 한다. 그동안 그렇게 우동을 끓여 먹으면서도 쯔유의 맛을 제대로 몰랐던 셈이다.

뜨거운 것을 차갑게 먹은 것뿐인데 전혀 다른 맛의 세계가 펼쳐졌다. 토마스 쿤(Thomas Samuel Kuhn)이 말한 '패러다임 전환'이 이런 것이 아닐까 싶었다. 무슨 메밀국수 소스 하나에 패러다임을 논하나 싶겠지만 발상의 전환이 새로운 세계를 열었다는 점에서는 충분히 패러다임 전환이라 할 만했다.

메밀국수도 소면처럼 마트에서 판매하니, 이제 집에서 배가 부를 만큼 메밀국수를 먹을 수 있게 되었다. 하지만 갈망이라는 것은 해결할 수 없을 때 강해지는 법인가 보다. 실컷 먹을 수 있게 된 이후 한 번도 배가 터질 만큼 메밀국수를 만들어 먹은 적이 없다. 다만 언제든지 먹을 수 있다는 가능성만으로 포만감을 느끼고 있다.

sauce tip

한창 양고기 꼬치가 유행한 적이 있다. 양고기 어깨살을 쇠로 된 꼬치(중국에서는 우산살에 꼬치를 끼웠다고 한다. 그래서 진짜 중국의 양꼬치는 우리 것에 비해 매우 크다)에 끼워서 숯불에 살살 돌려가며 익히면 그 자체로도 이미 먹음직스럽다. 이것을 정체를 알 수 없는 가루 소스에 찍어 먹는데 이 소스에서 이국적인 향이 느껴진다. '양꼬치에는 칭타오'라는 말이 유행어가 될 정도로 사람들은 이 향을 좋아했다. 개인적으로 칭타오보다 조금 더 독한 고량주 종류를 더 선호하지만.

양꼬치를 처음 먹는 사람 중에 이 향이 양고기 향인 줄 알고 있는 사람이 많다(P도 그랬다. 몇 년 후 쯔란을 따로 먹어보기 전까지 이것이 양고기의 독특한 향인 줄 알았다고 한다). 이 향에 중독되었다는 말도 들었다. 사실 이 향의 정체는 쯔란이라고 불리는 향신료인데, 서양에서는 커민(cumin)이라고 한다. 중국 재료상에서는 쯔란을, 대형마트 등에서는 커민을 찾으면 구입할 수 있다. 혹시 동남아시아 쪽을 여행해본 적이 있다면, 비행기에서 내려 공항을 빠져나오자마자 느껴지는 묘한 향을 기억할 것이다. 그 묘한 향과 비슷한 향이 난다. 한국을 찾는 여행객이 마늘향을 기억하듯이(우리는 잘 못 느끼지만 한국인의 향으로 마늘을 기억하는 외국인이 많다), 우리가 기억하는 그 향이 쯔란(커민)이다. 우리가 마늘을 많이 사용하듯이, 동남아에서는 쯔란을 많이 사용한다는 의미일 것이다.

쯔란 외에도 양꼬치를 먹을 때 또 필요한 것이 고춧가루와 소금, 깨 등을 섞은 가루인데 따로따로 그 재료를 준비해서 섞는 것도 일이다. 그래서 난 일본의 조미료인 시치미를 이용한다. 일곱 가지 맛이란 뜻의 시치미에는(사실 인간이 느낄 수 있는 맛은 다섯 가지지만) 이미 깨와 고춧가루, 후추 등의 향신료가 포

함께 있어 따로 재료를 준비하지 않아도 된다. 여기서 소금만 더해주면 양꼬치 파는 가게에서 제공하는 그것과 거의 비슷한 모양과 맛이 난다. 집에서 지방이 적은 소고기(양고기는 동네 정육점에 잘 팔지 않는다)와 쯔란, 시치미, 소금만 있으면 양꼬치 비슷한 것을 만들어 먹을 수 있다. 일본 조미료, 중국 향료, 한국 소금이 모였으니 이것이 극동아시아의 맛이라고 하면 과장인가?

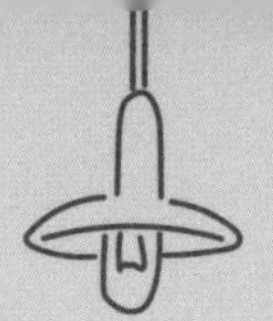

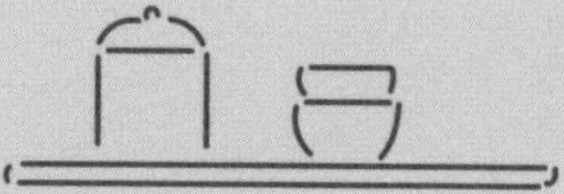

sauce 5

버터의 향수

루

읽기 힘들기로 유명한 마르셀 푸르스트의 《잃어버린 시간을 찾아서》는 그 명성 그대로 내 주위에 읽은 사람이 없다. 나도 마찬가지다. 읽어보려는 생각은 있지만 감히 읽을 시도조차 하지 못했다. 일단 의식의 흐름을 따라간다는 스토리를 내가 따라갈 수 없을 것 같았고, 일곱 권이나 되는 분량이 겁이 났고, 우리나라에 제대로 된 번역본이 없다는 게 문제였다.

무라카미 하루키가 읽었는지 안 읽었는지 모르겠지만 그의 소설 《1Q84》의 주인공 아오마메가 틈이 날 때마다 읽는 책이 《잃어버린 시간을 찾아서》였다. 아마도 이 책을 읽는다는 것 자체가 어렵고 독특한 일이며, 이 책을 읽는 사람도 마찬가지라는 뜻에서 캐릭터 설정을 그렇게 한 듯하다. 이쯤에서 왜 이해하기도 힘들고 재미도 없는 책이 명작 반열에 드는 것인지 궁금하겠지만,

그 이야기는 차치하기로 하고, 《잃어버린 시간을 찾아서》를 읽지 못한 사람이라도 들어보았을 '푸르스트 효과'라는 용어를 이야기해 보고자 한다. 어쩌면 《잃어버린 시간을 찾아서》가 남긴 건 푸르스트 효과라는 말 하나일지도 모른다(사람들이 읽지를 않으니 명성 외에 남긴 건 하나도 없지 않을까?). 이 소설의 주인공은 홍차에 적신 마들렌 향을 맡으며 어린 시절을 회상한다. 이렇게 향이나 맛이 트리거가 돼 지난날이 떠오르는 현상을 푸르스트 효과 혹은 마들렌 효과라고 한다.

나에게 푸르스트 효과를 일으키는 존재는 버터다. 부모님은 경상도에서 상경하신 분들이고 미국이나 유럽에서 어린 시절을 보낸 적도 없었으니, 어린 시절을 떠올리는 트리거가 간장이나 고추장 혹은 된장 같은 소스의 냄새여야 할 텐데, 왜 버터 냄새가 나면 어린 시절이 떠오르는지 의아할 것이다. 나도 의아하다.

사실 그 향이 버터 냄새라는 것을 안 지는 얼마 되지 않았다. 버터 냄새라는 것을 알기 전까지는 빵 냄새라고 생각했다(버터가 들어가는 빵도 있으니 이것도 일부분은 맞다). 경양식집에서 풍기는 그 냄새 말이다. 나와 누나는 일곱 살 차이가 난다. 지금이야 마주 앉아 농담하며 술 마시는 사이지만, 어린 시절 일곱 살 차이는 무시할 수 없는 차이다. 쉽게 말해 내가 초등학교(국민학교지만) 6학년일 때 누나는 대학교 1학년생이었다는 말이다. 초등학생과 대학생의 차이는 정말《잃어버린 시간을 찾아서》를 읽은 사람과 안 읽은 사람의 차이만큼이나 많이 벌어져 있다. 그 간극 사이에 잃어버린 시간이 있을 정도다. 물론 나는 안 읽은 사람 쪽이고 누나는 읽은 사람 쪽에 가깝다.

무슨 일이었는지는 모르지만 누나는 가끔 나를 안양 시내에 있는 경양식집으로 데리고 갔다. 경양식집에 가면 돈까스나 햄버거스테이크를 먹었고(그 외에는 몰랐다), 코스대로 수프, 빵과 샐러드(대부분 양배추), 정식 요리(말했다시피 돈까스), 디저트로 콜라가 나왔다. 맛은 잘 생각이 나지 않지만 그 분위기는 기억이 나고, 그 향이 기억이 난다. 인간이 느낄 수 있는 맛은 다섯 가지(단맛, 짠맛, 신맛, 쓴맛, 우마미)라고 하지만 맡을 수 있는 향의 종류는 몇 가지인지조차 현대 과학이 정확히 알지 못하는 상태다. 그래서 특징적인 향이 있다면 그것을 맛보다 더 잘 기억하는 듯하다. 다섯 가지 중 한 가지 맛이 아니라 수천 가지(예를 들어) 중 하나의 향이기 때문이다. 단어 그대로 '유니크'다.

돌이켜 생각해보면 나는 대부분 돈까스를 먹었는데 왜 항상 버터향이 났을까? (그 시절을 감안하면 마아가린 향일지도 모른다.) 그 향은 수프에서 나는 향이 맞을 것이다. 어렸을 때는 수프라고 하면 오뚜기 즉석 수프만 떠올렸다. 아마도 우리 대부분에게 즉석 수프는 추억의 맛일 것이다. 경양식집에서 먹은 수프도 모두 그런 비슷한 맛이었다. 크림수프라고 부르는 그것의 맛과 향은 나에게 확실히 각인돼 있다.

대학교를 다니던 언제인가, 미팅이란 것을 했었다. 그때도 경양식집에 간 것 같다. 학생을 상대로 하는 저렴한 경양식집이었다. 그 미팅 상대가 알면 기분 나쁘겠지만 그분이 누구인지 기억나지 않는다. 확실히 기억나는 것은 그날 먹은 수프뿐이다.

미팅을 하면 누구나 약간의 허세를 부리기 마련이다. 그 상황이 익숙한 양, 경양식을 자주 먹어본 양 행동하게 된다. 나도 그랬다.

“수프는 어떻게 하시겠습니까?”

종업원이 와서 물어보았다. 그간 빵이냐 밥이냐를 물어본 적은 있지만 수프에 대한 질문을 들어본 적은 없었다. 당황스러웠다. 내가 답을 제대로 하지 못하자 종업원(사장님일 수도 있다. 내 기억이 정확하지 않다)이 다시 물어보았다.

“크림수프와 야채수프가 준비돼 있습니다.”

“전 야채요.”

왠지 크림수프는 자주 먹어서 그랬는지 촌스러워 보였다. 디저트까지 시키고 나서 아마 미팅 분위기는 애매했을 것이다. 그분과 잘됐다면 몇 번은 만났을 테니 기억나지 않았을까? 기억이 없는 것을 보면 애매했다는 내 추측이 맞을 것이다. 분위기를 더 애매하게 만든 것은 내 앞에 놓인 수프였다. 난 야채수프라면 오뚜기 야채수프(인스턴트 수프라고 해도 소고기맛, 야채맛 등이 있었다) 정도를 생각했는데 붉은색 묽은 국물에 채소들이 떠 있는 것이 보였다. 사실 당황했지만, 나는 익숙하다는 듯 떠먹었다. 생각과는 전혀 다른 맛이었다. 약간 새콤하고 얼큰한 맛도 살짝 난 듯하다.

미팅 상대가 “어떤 맛이에요?”라고 물은 듯도 하다. 당황했지만 “맛있어요”라고 대답했을 것이다. 먹어본 척을 해야 했을 테니까. 하지만 맛을 제대로 표현하지 못했을 것이다. 모르는 맛이니까.

내 생각과 달랐다는 의미이지 맛이 없지는 않았다. 아마도 토마토를 베이스로 하는 수프인 듯하다. 지금 와서 생각해보면 그 집은 제대로 된 경양식집이었다. 학생을 상대로 하는 저렴한 경양식집에서 인스턴트 방식이 아니라 직접 만든 수프를 제공해줬다는 의미이기 때문이다. 그렇다면 크림수프도 '루(roux)'부터 제대로 만들어주지 않았을까? 미팅 상대를 놓친 것은 지금도 그리 안타깝지 않지만, 그 경양식집 이름을 기억하지 못하는 점은 아쉽다.

루는 밀가루를 버터에 볶은 것을 말한다. 약한 불에 버터를 녹이고 버터와 동량의 밀가루를 천천히 뿌리면서 볶아 만든다. '루'가 프랑스말로 '다갈색'이란 뜻이니 갈색이 날 때까지 볶으면 된다. 하지만 센 불로 볶다가 타버리면 다갈색이 아니라 검은색이 된다. 다갈색보다 노르스름한 색이 나올 정도까지만 볶는다고 생각하는 편이 좋다. 이 루 냄새가 경양식집을 휘감고 있는 버터 냄새의 정체다. 그만큼 루는 다용도로 사용된다.

루의 역할은 중국 음식에서의 전분물과 비슷하다. 묽은 액체를 걸쭉하게 굳힌다. 거기에 더해 버터의 향과 볶아서 고소해진 밀가루의 향을 음식에 입히는 역할을 한다. 루는 우리가 좋아하는 양식의 시작이다.

수프를 만들려면 루에 치킨스톡 녹인 물을 붓고 저어주며 끓인다. 진짜 닭고기로 만든 육수가 있으면 더 전통에 가깝겠지만 치킨스톡 녹인 물이라도 충분히 우리에게는 '영혼의 닭고기 수프'다. 서양인에게는 몸이 아프면 어머니가 끓여주던 닭고기 수프를 떠올리게 하는 맛이고, 우리에게는 어머니가 (역시 몸이 아프면) 끓여주던 오뚜기 수프를 떠올리게 하는 맛이다. 인스턴트든 집에서 정성을 다해 끓인 것이든 어머니를 떠올리게 하는 맛이란 공통점이 있는 건 참 아이러니다.

그 수프에 생크림을 넣으면 완전한 크림수프가 된다. 생크림이 없으면 우유로 대체해도 된다. 수프를 충분한 한 끼 식사로 만들고 싶다면, 토스트를 깍둑썰기 해서 올리고 베이컨 가루(베이컨을 바삭할 때까지 구웠다가 식힌 후 비닐봉투에 넣고 부순다)를 뿌린다. 빵 덕분에 든든해지고 베이컨 가루 덕분에 맛있어진다. 간혹 흥이 나면 아이의 아침 식사로 준비할 정도로 수프는 그리 힘들지 않게 만들 수 있으면서도 '제대로' 된 서양 요리다. 주의할 점은 수프를 만들 때 생각보다 많은 육수를 부어야 한다는 것이다. 루에 비해 육수가 적으면 잼같이 돼버린다. 뭐, 루로 만드는 잼도 있으니 별 상관없겠지만.

이왕 루를 만들기 시작했다면 크림 스파게티까지 시도해보는 것도 좋다. 스파게티의 선호도는 나이에 따라

바뀌는 듯하다. 십대 때는 토마토소스 스파게티를 좋아한다. 달콤하고 새콤한 토마토소스의 맛은 싫어하기 힘든 맛이다. 그러다가 이십대가 돼서 스파게티 전문점이나 패밀리 레스토랑을 좀 다니다 보면 크림 스파게티로 넘어간다. 특히 국민 스파게티인 까르보나라를 좋아하는 단계를 누구나 한 번씩 거치게 된다. 크림맛과 치즈의 고소하고 짭짤한 맛을 좋아하기 시작할 때면 '나 조금은 성인이 되었구나' 하는 생각을 하게 된다. 그런데 진짜 까르보나라는 우리가 기억하는 그 맛과 모양이 아니다.

까르보나라에는 '석탄'이라는 의미가 있다. 음식에 석탄이라는 이름이 붙은 두 가지 설이 있는데, 하나는 이탈리 아페니니 산맥에서 일하는 광부들이 쉽게 먹을 수 있도록 조리한 음식이라서 '석탄'이라고 불렀다는 설과 마지막에 뿌리는 흑후추가 석탄처럼 보여서 그렇다는 설이 있다. 난 개인적으로 이 두 가지 설이 합쳐진 것이 정설이 아닐까 추측하고 있다. 왜냐하면 어느 특정 직업의 사람들이 먹는 음식에 그 사람이 생산하는 물품의 이름을 붙인다는 것이 자연스럽지 않기 때문이다. 가령 드레스를 만드는 봉제공장 노동자가 먹는 국수의 이름을 '드레스'라고 부를까? 일반적으로 그러지는 않을 것이다.

어느 날 광부들의 식단에 후춧가루를 잔뜩 뿌린 스파게티가 등장했고, 이를 본 광부 중 한 명이 직업 정신을 살려, "이거 꼭 석탄 같네" 하면서 껄껄 웃지 않았을까? 그러자 동료들도 그의 의견에 동조해서 석탄(까르보나라)이라고 불렀을 것이다. 물론 개인적인 추측이지만, 의류 공장 노동자가 먹는 국수 위에 계란 지단이 고명으로 올라왔는데, 그 모양이 아름다워 한 노동자가 (역시 직업 정신을 살려) "어머, 계란 지단이 꼭 드레스 같네?"라고 말했다면 그 국수에는 '드레스 국수'라는 이름이 붙었을 것이다.

유래에 대한 이야기는 이쯤 하고, 우리 기억 속에 있는 까르보나라가 아닌 진짜 까르보나라는 계란과 파마산치즈 그리고 후추만으로 만든다. 여기에 여유가 있다면 이탈리아 전통햄인 '판체타' 정도를 추가한다. 판체타는 우리나라에서 구하기 힘드니 보통 베이컨으로 대체한다(판체타는 염장 방식이고 베이컨은 훈제 방식이라는 차이점이 있다). 집에서도 한 번 '전통' 까르보나라 만들기를 시도해본 적이 있는데 먼저 1인분 기준으로 계란 노른자를 두 개 분리해둔다. 파만산치즈가루(피자에 뿌려 먹는 그것. 마트에 가면 통으로 판다)를 계란노른자와 거의 1대1 비율로 섞어준다. 베이컨이 있으면 잘라서 구워둔다. 그리고 스파게티를 삶는다. 면이 다 익었으면 건져서 뜨거울 때 준비해둔 재료에 비빈다. 면의 열기에 계란이 부드럽게 익고, 치즈도 적당히 녹는다. 이것을 접시에 담고 후춧가루를 뿌리면 끝이다. 계란노른자의 고소한 맛과 치즈의 향이 같이 느껴지기 때문에 충분히 먹을 만하다. 하지만 우리 머릿속에 있는 까르보나라는 절대 아니다(이쪽이 훨씬 더 정통에 가깝기는 하지만).

이제 우리 머릿속에 있는 까르보나라를 만들어보자. 팬에 충분한 버터를 올리고 녹인다. 버터가 녹으면 양파와 베이컨을 넣고 볶는다. 버터가 촉촉하게 남아 있어야 한다. 만약 양파가 버터를 다 흡수했다면 버터를 추가해준다. 그리고 밀가루를 프라이팬에 남아 있는 버터 양과 비슷하게 넣고 볶아준다. 밀가루가 부글부글 끓으며 볶아지면 우유를 붓고 저어준다(생크림을 추가해도 되지만 없으면 생략해도 상관없다). 소금으로 간을 하고 점도를 맞춰주면 크림스파게티 소스 완성이다. 까르보나라 같은 느낌을 조금 더 내고 싶다면 여기에 계란노른자 한 개와 체다치즈(파마산도 좋지만 일반적인 가정에 파마산은 잘 없으니 체다치즈를 사용한다. 체다치즈는 샌드위치에 끼워 먹기 좋게 생긴 바로 그 치즈다)를 넣고 잘 저어준다. 삶은 스파게티 면을 접시에 담고 방금 만든 크림소스를 부어준다. 그리고 화룡점정, 후춧가루를 뿌린다. 이것이 우리 기억 속의 '까르보나라'다.

크림 스파게티 시절을 지나 삼십대가 되고 회사원이 되면 오일 스파게티로 넘어간다. 선호 스파게티 변화 단계를 보면 점점 자극적인 맛을 피하게 되는 쪽으로 넘어가는 듯하다. 나이가 들면 사람이 보수적으로 변한다고 하는데, 입맛도 자극을 피하고 그 본연의 것을 지키고 싶어 하는, 보수적 입맛으로 변화하고 있는 것일까? 아이를 키우면서 좋은 점은 아이의 '진보적인' 입맛에도 맞춰줘야 하므로 나름 균형을 잡을 수 있다는 것일 테다. 오일 스파게티는 나중에 오일을 이야기하며 같이 다룰 기회가 있을 테니, 이번 장은 '루'에 집중하기로 하자.

마지막으로 루로 만드는 정말 '미국맛' 한 가지만 더 소개하기로 한다. 미국 소설이나 영화를 보면 가끔 어렸을 때 먹던 '맥앤치즈'를 그리워하는 에피소드가 등장한다. 난 맥앤치즈라는 단어를 볼 때마다 정말 미국스럽다고 생각했다. 어렸을 때 먹던 음식이 맥도날드 햄버거에 치즈라니.

'아이언맨' 로버트 다우니 주니어는 마약에 빠져 살

던 시절이 있었다. 내일은 없다는 듯 대충 살던 그를 일깨워준 것은 치즈햄버거였다. 그렇게 좋아하던 치즈햄버거의 맛이 느껴지지 않자 자신의 몸(과 정신)에 큰 이상이 생겼다는 것을 자각하고 약을 끊었다고 한다. 재기하려는 노력 중에 만난 영화가 〈아이언맨〉이었다. 그는 자신을 일깨워준 치즈햄버거 일화를 영화 속에 녹여낸다. 아이언맨이 큰 고초를 겪고 나서 집으로 돌아와 치즈햄버거를 허겁지겁 먹는 장면을 극 중에 삽입한 것이다. 난 한동안 맥앤치즈가 아이언맨이 먹는 것과 같은 치즈햄버거의 한 종류인 줄 알았다. 그런데 맥앤치즈는 맥도날드와 아무 상관이 없었다(맥도날드에서 팔지도 모르지만). 마카로니와 치즈의 줄임말이 맥앤치즈라는 것이다. 맥앤치즈에는 집에서 어머니가 간단하게 해준 음식, 미국인에게는 어머니가 해준 가정식이라는 의미가 녹아 있었다. 《잃어버린 시간을 찾아서》의 주인공이 마들렌 향을 맡으며 어린 시절을 회상하듯이, 내가 읽는 소설 속의 주인공은 맥앤치즈를 떠올리며 동시에 어머니를 상상했을 것이다. 그런데 난 그 장면을 보고 맥도날드를 떠올렸으니 한참 잘못 이해한 셈이다. 음식 하나가 작품의 이해도를 바꾸니까 역시 음식이란 함부로 대할 것이 아니다. "연탄재 함부로 발로 차지 마라"라는 안도현 시인의 시처럼 함부로 대할 것은 아무것도 없었다. (TMI. 연탄재 함부로 차지 말라는 안도현 시인의 시 제목은 〈너에게 묻는다〉다. 〈연탄재〉라는 시는 따로 있다.)

어머니가 해준 간단한 가정식 맥앤치즈를 만드는 것도 루부터 시작한다. 팬에다 버터를 녹이고, 밀가루를 넣어서 볶고, 우유를 조금씩 부어가며 점도를 맞춰준다. 치즈를 잔뜩, 정말 잔뜩 넣어야 하니까 우유는 생각보다 넉넉하게 붓는다. 우유가 끓어서 거품이 나기 시작하면 집에 있는 치즈란 치즈는 몽땅 넣어준다. 종류는 별 상관없다(단 빵에 발라 먹는 크림치즈는 단맛이 많이 나므로 피하도록 한다). 치즈는 섞일수록 맛있다는 말도 있다. 여기에 잘 삶은 마카로니를 넣고 섞는다. 점도는 빽빽해서 포크로 찍어먹을 정도면 된다. 다시 한 번 강조한다. 그 정도 점도가 되려면 치즈를 생각보다 많이 넣어야 한다. 이것을 토스트한 식빵 사이에 끼우면 칼로리 폭탄, 맥앤치즈 토스트가 된다. 치즈를 좋아하는 사람은 매우 좋아하는 음식이다. 조금 느끼하지만 '미국 맛'을 제대로 느낄 수 있는 별식이다.

여러분은 어떤 향을 맡으면 추억이 떠오르는가? 한 번씩 추억의 음식을 해먹는 것도 내 삶을 돌아보며 웃을 수 있는 좋은 기회일 테니, 해보시길.

sauce tip

지금까지 우리가 해본 '루'가 프랑스로 건너가면(루가 원래 프랑스말이니까 고향으로 간 셈이다) 베샤멜소스가 된다. 방법은 똑같다. 팬에 버터를 올리고 녹여준다. 그리고 밀가루를 넣고 볶는다. 이제 우유를 조금씩 붓고 여기에 양파를 넣는다. 양파는 나중에 건져낼 것이니까 조금 크게 써는 게 좋다. 우유를 조금 붓고 저어주고, 조금 붓고 저어주고를 잼보다 조금 묽은 점도가 될 때까지 반복한다. 생크림이 있으면 넣어서 고소한 맛을 극대화한다. 이제 불에서 내리고 양파를 빼준다. 베샤멜소스 완성이다. 식힌 다음 바게트에 뿌려서 먹어도 되고, 토스트에 발라 먹어도 된다. 같은 것이라도 다른 이름이면 다른 용도가 되는 법이다.

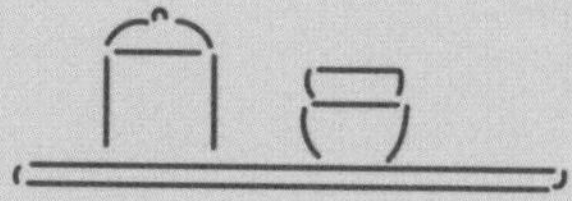

sauce 6

누구와도 싸우지 않는다 마요네즈

난 전인권이라는 가수를 좋아한다. 들국화 시절부터 솔로로 활동하던 시절까지 그랬다. 전인권 씨의 여러 노래 중에 요즘 다시 즐겨 듣는 노래가 있다. '그러나 안 싸우는 사람들'이란 곡이다. 2004년에 발표한 앨범 '전인권과 안 싸우는 사람들'에 실려 있다. 앨범 제목과 노래 제목이 거의 같은 것으로 봐서 이 노래가 대표곡일 것 같지만 정작 이 앨범의 대표곡은 〈응답하라 1988〉에서 사용돼 다시 히트한 노래 '걱정 말아요, 그대'다. 따라서 '그러나 안 싸우는 사람들'은 상대적으로 그리 알려지지 않았다.

락(rock) 풍의 이 노래를 듣다 보면 괜히 신이 나고 따라서 흥얼거리게 된다. 그런데, 흥얼거리다 생각해보니, 난 이 노래의 가사를 모른다! 좋아하는 노래인데, 게다가 팝도 아니고 우리말로 부르는 노래인데 가사를 모르다니!

전인권 씨를 내가 좋아하는지 여부와 상관없이 그의 발음이 좋지 않기로 유명한 것도 그 한 가지 이유일 것이다. 노래를 부를 때뿐 아니라 평소에도 단어 사용이 독특하고 발음이 좋지 않아서 무슨 말을 하는 것인지 잘 안 들리는 경우가 많다. 한 아침 라디오 프로그램에서 전인권 씨와 전화 인터뷰를 한 적이 있다. 전인권 씨는 잠이 덜 깼는지, 인터뷰어의 질문에 도대체 알아들을 수 없는 발음으로 답변을 했다. 나도 그 라디오를 들었는데 역시 전혀 알아들을 수 없었다. 당황한 진행자는 일단 웃음으로 넘겼지만, 다음 날 그때 무슨 말을 했는지 다시 설명하는 방송을 해야 했다. 진행자도 '우리말을 번역하는 초유의 일'이 일어났다며 웃었다. 그 정도로 발음이 좋지 않다는 말이다.

노래 가사 역시 몇 가지 단어가 들리지 않는다. 노래방에는 '그러나 안 싸우는 사람들'이 있을까? 거기서는 자막이 나오지 않을까? 글쎄, 난 노래방을 좋아하지도 않고 가고 싶지도 않다. 그래서 세계인이 사용하는 마법의 램프, 인터넷을 뒤졌다. 가사 서비스를 하는 곳에서 찾은 '그러나 안 싸우는 사람들'의 가사 중 일부는 다음과 같았다.

없어 스스로도 아주 당당하게 우리의 한그릇 맛있었다
한마음으로 저녁 여유롭게 우리의 친구는 멋있었다
싸움을 싫어하고 락음을 즐겨하는 낭만스런 우리의
개성연은 사라질 수가 없다

무슨 소리지? 아무리 전인권 씨가 독특하게 말하기로서니 가사를 이렇게 썼을 리가 없다. 누가 돈이 있느냐고 물어보지도 않았는데 처음부터 “없어”라고 말한다고? 아마도 누군가 받아 쓴 것을 올려 놓은 같은데, 엉망이었다. 심지어 멜론 같은 전문 음악 서비스를 하는 곳도 같은 가사를 제공하고 있었다. 전인권 씨의 앨범에도 가사지가 들어 있지 않아 공식적으로 어떤 가사인지 확인할 수 있는 방법이 없었다. ‘이것 참 곤란하군. 따라 부르고 싶어도 부를 수 없는 상황이라니.’

그래서 인터넷의 가사를 기반으로 내가 들어보고, 주술 관계를 최대한 맞춰보기로 했다.

없었어도 아주 당당하게 우리의 하루는(?) 멋있었다.
바빴어도 전혀 여유롭게 우리 친구는 멋있었다.
싸움을 싫어하고 나눔을 즐겨하는 낭만스런 우리의
개성들은(?) 사라질 수가 없다.

약간 부자연스러운 단어가 있고 확실하지 않은 단어(?표시 부분)가 있지만 이 정도면 말은 되는 것 같다. 영어 듣기평가도 아니고 우리말 노래를 듣는 게 이렇게 어렵다니……(노랫말을 듣고 맞히는 텔레비전 프로그램이 있던데 거기에 제보해야 하는 것 아닌지 모르겠다).

잘 안 들리는 와중에도 이 노래의 후렴구에는 마음에 와닿는 부분이 있다. “원래부터 우리 모두는 안 싸우는 사람들”이라는 부분이다. 서로 위해주는 것도 아니고, 그저 안 싸우는 사람들이다. 서로 싸우지 않는 것만으로도 충분히 가치 있는 일이라는 것, 경쟁만이 삶의 방식이 아니라는 것을 말하는 듯하다. 발음과 상관없이 전인권 씨의 목소리로 들으니 그 마음이 충분히 전해졌다.

이 말을 하려고 아주 긴 길을 돌아왔지만 마요네즈가 그런 것 같다. 그 자체로 충분히 맛을 내고 다른 음식과 싸우는 법이 없다. 케첩과 섞으면 그것 자체로 훌륭한 샐러드 소스다. 이렇게 케첩과 마요네즈를 섞은 소스에 채 썬 양배추를 잔뜩 버무리면 왠지 ‘사라다’라고 불러야 할 것 같은 그런 음식이 된다. ‘마요네즈는 싸우지 않는다.’

감자샐러드를 만들 때도 마요네즈가 한몫한다. 아니 사실 마요네즈가 다 한다. 감자와 계란을 삶은 다음 으깨고 마요네즈, 소금, 후춧가루만 뿌려서 잘 비비면 완성이다. 샐러드만 따로 먹어도 되고, 식빵 사이에 끼워서 먹으면 든든한 한 끼가 된다. 벌써 두 가지 샐러드 완성이다.

고기를 먹을 때도 유용하다. 고추장과 쌈장, 간 마늘 그리고 마요네즈를 섞으면 덜 짜고 더 고소한 쌈장이 된다. 이 방법으로 쌈장을 만들어주면 대부분 안에 마요네즈가 들어갔다는 사실을 모르고 먹는다. 역시 '마요네즈는 싸우지 않는다.'

우리는 한 달에 한두 번 치킨을 시켜 먹는데, 간혹(정말 간혹) 치킨이 남을 때가 있다. 남은 치킨은 처치 곤란이다. 냉장고에 넣어두면 눅눅해지고 다음 날 먹으려 하면 그 맛이 살아나지 않는다. 다시 튀기려니 기름이 아깝고 또 그 맛이 살아난다고 보장할 수도 없다. 다시 튀기면 기름을 과도하게 먹어서 느끼해진다는 이야기도 있다. 전자레인지에 돌리면 더 눅눅해진다. 처음 시켜서 먹을 때의 그 맛을 다시 살려내는 건 거의 힘들다고 보면 된다. 나는 치킨이 남으면 다시 그 맛을 살리려는 시도를 하지 않고 깔끔하게 포기한다. 대신 치킨마요를 만들어 먹는다. 아저씨(나를 포함)들은 밥에 마요네즈를 뿌린다고 하면 질색하지만, 치킨마요는 상당히 대중적인 음식이고 맛도 괜찮다. 반복하지만 '마요네즈는 싸우지 않는다.'

치킨마요 만드는 법은 아주 간단하다. 먼저 비닐장갑을 끼고 남은 치킨에서 살을 잘 바른다. 밥을 넉넉한 대접에 퍼 담고 치킨 살을 그 위에 잘 올린다. 간장을 조금 뿌리고 그 위에 파채를 덮는다. 이게 전부다. 대접을 전자레인지에 넣고 1~2분간(파채의 숨이 죽을 때까지) 돌린다. 그리고 여기에 마요네즈를 듬뿍(취향에 따라) 뿌리면 완성이다. 전날 치킨을 먹었다면 다음 날 아이의 아침을 위해 일부러 조금 남기는 것도 방법이다. 하루 정도는 아침 식사 준비를 날로 먹을 수 있다.

특식이나 손님 접대용 음식도 마요네즈를 이용해 만들 수 있다. 새우에 튀김옷을 얇게 입혀서 잘 튀긴다. 물론 여기서 그쳐도 된다. 맥주 한 잔에 새우튀김이면 다른 것은 필요 없을 수도 있다. 하지만 우리가 시도하는 것은 중국 요리다. 마요네즈에 생크림, 설탕, 식초를 잘 섞고 튀긴 새우를 버무린다. 접시에 양상추를 깔고 그 위에 소스에 버무린 새우튀김을 올리면 고급 중국식당에서나 주문할 수 있는 크림새우 완성이다.

시도해본 적은 없지만 새우튀김 상태에서 맥주를 마시다가 크림새우로 변신시켜 소주나 고량주를 마시는 것도 괜찮을 듯하다. 사실 음식을 준비하는 것은 쉽다. 그렇게 내 뜻처럼 먹어줄 친구 찾는 것이 어려워서 그렇지.

마요네즈에 겨자와 설탕(혹은 꿀)을 적당히 섞으면 허니머스터드 소스 맛이 난다. 시중에 파는 허니머스터드 소스가 내 입맛에는 달아서 잘 먹지 않는데, 직접 만들면 단맛을 조절할 수 있어서 좋았다. 훈제오리나 소시지 같은 훈제 요리와 함께 먹으면 잘 어울리는 소스다.

동네 호프에 가서 먹태나 오징어를 시키면 마요네즈에 청량고추, 간장을 섞은 소스를 준다. 난 마른 오징어를 먹으면 소화를 잘 못시켜서 간혹 소스 안에 들어 있는 청량고추만 집어 먹기도 한다. 그것만으로도 충분히 매콤하고 고소한 안주가 된다. 역시 '마요네즈는 싸우지 않는다.'

우리나라는 감자튀김을 케첩에 찍어 먹지만, 유럽에서는 마요네즈에 먹는다고 한다. 이것을 보고 나서는 집에서 감자튀김을 먹을 때 마요네즈를 같이 준비하는데 나름 잘 어울린다. 조금 더 어른 맛 감자튀김이라고나 할까?

난 아직 시도해보지 않았지만(언젠가는 시도해볼 생각이다) 러시아에서는 라면(팔도 도시락면이 유행이라고 한다)에 마요네즈를 잔뜩 뿌려서 먹는다고 한다. 맛있겠지?

'그러나 싸우지 않는 사람들'과 마요네즈는 또 하나의 공통점이 있다. '그러나 싸우지 않는 사람들'의 가사를 도무지 짐작할 수 없었던 것처럼 마요네즈도 무엇으로 만들었지 도통 감을 잡을 수 없었다. 고소한 맛, 약간 시큼한 맛, 그리고 끈적끈적한 질감과 특유의 기름진 식감으로 라드(돼지기름)나 버터와 관계가 있지 않을까 예상할 뿐이었다. 그런데 마요네즈의 주재료가 계란노른자라고 한다. 그때부터 조금 혼란이 왔다. 앞에서 소개한 감자샐러드에 삶은 계란이 들어가는데, 그럼 삶은 계란을 계란노른자에 비볐다는 것인가?

그렇다면 이보다 더한 소스가 있다. 돈까스의 친구인 생선까스와 함께 먹는 타르타르소스가 그것이다. 피시앤칩스도 역시 생선을 튀긴 요리니까 주로 타르타르

소스와 함께 먹는다. 계란노른자를 약간 질감이 남아 있을 정도로 으깨고 여기에 마요네즈, 잘게 다진 양파, 피클을 잘 섞어주면 타르타르소스다. 삶은 계란 더하기 계란노른자라니, 뭔가 이상했다. 마요네즈는 분명 다투지 않는 소스인데, 어쩌면 이렇게 서로 어울리지 않는 조합인지 모르겠다.

마요네즈를 만드는 여러 가지 방법이 있는데 가장 기본은 계란노른자와 해바라기유(올리브유를 사용하기도 한다)를 핸드블랜더로 섞는 것이다. 핸드블랜더를 사용할 때는 회전 속도가 빨라 계란노른자와 기름이 잘 분리되지 않지만 손수 거품기로 섞는다면 분리되지 않도록 기름을 조금씩 노른자에 흘려 넣으며 꾸준히 저어줘야 한다(반대로 핸드블랜더로 너무 오래 섞으면 자체적으로 열이 발생해 노른자가 익을 수 있으니 주의해야 한다). 여기에 소금과 설탕 조금, 레몬즙을 넣고 잘 섞는다. 레몬즙을 넣으면 산 성분이 단백질을 굳히므로 질감이 되직해진다. 이것이 가장 기본적인 마요네즈인데…… 그냥 사 먹자. 내가 이 글을 쓰는 이유 중 하나는 요리를 못하더라도 소스만 잘 사용하면 누구나 그럴 듯한 음식을 만들 수 있고, 짧은 시간에 아침밥을 차릴 수 있다는 것을 말해주기 위함인데 소스까지 직접 만들다가는 이 글의 의미가 모두 퇴색된다. (말은 이렇게 했지만 마요네즈를 만들어볼 생각은 있다.)

그건 그렇고 마요네즈 이야기를 하니까 갑자기 생각나는 것이 있다. 영화로도 나와서 크게 히트한 〈마션〉에 대한 생각이다. 마션에서 주인공은 어떤 사고 때문에 화성에 홀로 남게 된다. 화성을 탈출할 수 있을 때까지 생존해야 하는데, 주인공에게 식량이 큰 문제로 다가온다. 주인공은 먹다 남은 감자와 자신(과 동료가 남기고 간)의 인분을 이용해서 작은 감자밭을 우주 기지 안에 만든다. 나도 이 소설을 보고 싹이 트려고 하는 감자를 비어 있는 화분에 심은 적이 있다. 그 후로 크게 신경을 쓰지 않았는데 감자가 자라나는 것을 보고 생명이란 대단하구나, 하고 느낀 적이 있었다. 물론 감자를 수확할 만큼 키우지는 못했지만.

어쨌든 감자밭을 일구고 나서 뿌듯해하는 주인공의 기분에 공감하면서도 한 가지 궁금증이 들었다. 그래서 소스는? 뭐에 찍어 먹을 건데? 마요네즈라도 있어야 하는 것 아니야? 하고 말이다.

독자 여러분은 이제는 서로 알 만큼 알아서, 아니면 원래부터 안 싸우는 사람들이 주변이 있으신지? 아참, '그러나 안 싸우는 사람들'의 가사를 정확하게 아시는 분 있으시면 연락 주세요.

sauce tip

꽤 오래 전에 회사 일 때문에 베를린에 간 적이 있다. 말이 안 통하는 곳이라도 식사는 해야 했기에 그나마 가장 대중적으로 보이는 레스토랑(내 기억에는 마르셰다)에 들어가서 뭔지 모를 요리를 시켜 먹었다. 접시에 소시지 같은 것과 통감자 위에 흰 소스를 뿌린 것이 나왔는데, 이 감자 맛이 매우 훌륭했다.

우리나라에서 먹는 감자와는 다른 부드러움과 고소한 맛이 일품이었다. 게다가 그 위에 올린 흰 소스와 무척 잘 어울렸다. 나는 약간 새콤한 맛이 나는 이 소스가 마요네즈인 줄 알았고, 한국에 돌아와서 통감자에 마요네즈를 올려 먹었다. 그런데 그 맛이 아니었다. 혹시 감자의 품종 차이 때문에 그런 것은 아닌지, 아니면 내가 맛을 잘못 기억하고 있는 것은 아닌지 스스로를 의심했었다.

나중에 알고 보니 그 흰 소스는 마요네즈가 아니라, 사워소스였다. 집에서도 생크림에 플레인 요구르트를 넣고, 하루 정도

발효시켜(요구르트 만들 듯이 따뜻한 물에 중탕한다) 시다는 뜻의 사워소스를 만들 수 있다. 맛만 보고는 정체를 알 수 없는 게 세상에 한두 가지가 아니다.

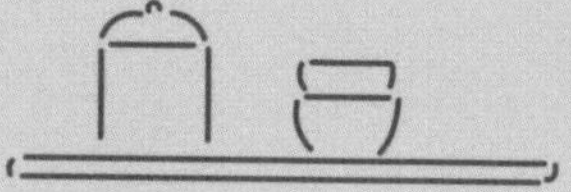

sauce 7

도전으로 기억되는 것
두반장

엘론 머스크. 테슬라, 스페이스X의 창업자. 인간의 뉴런과 컴퓨터를 연결시키려 시도하고 있는 사람. 영화 〈아이언맨〉의 모델. 그를 수식하는 말은 많다.

엘론 머스크는 워낙 자신의 일을 잘 홍보하고, 개발자라기보다 비전가에 가까운 사람이라 자신의 일화도 미화해서 이야기했을 가능성이 있지만, 그는 어려서부터 미래는 세 가지에 달려 있다고 예측했다고 한다. 그 세 가지란, 우주, 인터넷 그리고 환경이다. 엘론 머스크가 처음 성공한 사업은 인터넷 분야였다. 그가 공동 창업자로 이름을 올린 페이팔(송금과 관련한 인터넷 금융회사다)이 이베이에 인수되면서 그는 백만장자 대열에 이름을 올렸고, 민간인으로서 미우주항공국에 로켓을 공급하는 스페이스X를 창업해 우주 개발에도 뛰어들었다. 석탄연료는 더 이상 가망이 없다고 생각한 그는 환경 사업의 일환으로 전기자동차 생산 회사인 테슬라를 창업한다. 그는 자신이 생각한 미래 비전을 하나씩 이뤄나가고 있는 중이다. 자신의 비전을 실현했다는 것만으로도 물론 지켜봐야 할 가치가 있는 인물이기는 하지만 가만히 생각해보면, 아직 '성공'이라 이름 붙일 만한 것이 별로 없다. 페이팔이라는 아주 훌륭한 서비스를 세상에 선보이기는 했지만 페이팔 시스템을 그가 창안했다고 보기는 힘들고 인터넷 세상을 바꾸고 있는 주체는 구글, 페이스북 그리고 모바일 인터넷 분야를 개척한 애플이다. 화성에 유인 우주선을 보내 인간을 이주시키겠다는 위대한 비전의 스페이스X는 로켓 제작 단계에 머무르고 있고 자동차 시장의 패러다임을 바꾼다는 테슬라는 아직 양산 체제도 제대로 못 갖춰 지속적인 적자를 보고 있는 상태다. 사업적으로는 여전히 '성공'이라고 이름 붙일 만한 것이 없다. 그럼에도 사람들은 엘론 머스크를 미래를 바꿀 혁신가로 여기고 있다. 아마도 그를 '도전'으로 기억하고 있기 때문일 것이다.

기억하자, 독특한 도전은 결과가 아니라 도전 그 자체로 기억된다는 것을.

대학교 동아리 동기, 후배와 함께 강원도로 스키를

타러 간 적이 있다. 이미 학교는 졸업한 상태였고 나와 동기 한 명은 결혼을 해서 가족도 함께 갔다. 그리고 결혼을 하지 않은 남자 후배 두 명이 있었다. 뭔가 이상한 조합이지만 그것은 그리 중요한 게 아니다. 황태 덕장이 보이는 곳에 위치한 펜션을 잡고, 밖에 나오면 남자가 요리를 하는 것이라고 하는 이상한 논리 때문인지 나와 동기, 후배가 저녁식사를 준비했다. 다들 예상하듯이, 메뉴는 삼겹살이었다. 펜션을 가든지, 캠핑을 가든지, 혹은 동네에서 사람을 만나든지, 우리는 삼겹살을 벗어나지 못한다. 상추, 깻잎, 쌈장만 있으면 번거롭게 요리할 일이 없고, 맛도 기본적으로 보장되기 때문일 것이다. 하지만 그날은 후배도 함께이고 다른 가족도 있기 때문인지 새로운 것을 해야 한다는 도전 의식이 생겼다(적어도 나에게는). 그래서 장을 보면서 준비한 것이 두반장이었다.

두반장은 콩과 소금을 발효시킨 것에 중국식 고춧가루를 추가한 장류로서, 우리나라의 '고추장과 비슷하다'. 난 이 '고추장과 비슷하다'란 말에 꽂혔다. 고추장불고기, 고추장삼겹살 같은 음식이 있으니, 고추장을 바르듯이 삼겹살에 바르기만 하면 그럴 듯한 무언가가 나올 줄 알았다. 거기에다 고추장과는 다른 향이 퍼지니, 이국적인 맛도 더할 수 있으리라 기대했다. 삼겹살에 고추장을 바르듯이 두반장을 펴 발랐다. 식사를 준비하던 친구와 후배들도 내 리드를 잘 따랐다. 결혼하기 전의 남자가 으레 그렇듯이 그들은 음식이라곤 라면밖에 안 끓여본 사람들이었기에 가능했다. 그리고 불에 구웠다. 뭔가 다른 향이 나기는 했다. 하지만 '고추장과 비슷한 것'이 고추장은 아니었다. 고추장과 달리 두반장은 단맛을 전혀 포함하고 있지 않았다. 불에 구워 먹은 두반장 삼겹살은 약간 쓰고, 맵고, 짰다. 실패다! 채소, 쌈장과 함께 먹으면, 그리고 놀러 왔으니 술과 함께 먹으면 대충 목구멍으로 넘길 정도는 된다는 게 그나마 다행이고 위안이었다. 그날이 내가 두반장을 처음 사용해본 날이었고, 내 기대와는 완전히 다른 결과(모든 사람들이 맛있다고 엄지손가락을 치켜세우는 풍경를 기대했는데)가 펼쳐졌기에, 그날의 에피소드를 나는 실패로 기억하고 있었다.

그러고 몇 년이 지난 어느 술자리였다. 동아리 선후배가 모이는 자리였을 것이다. 같이 스키장을 간 그때의 일이 화제로 떠올랐다. 같이 스키를 타러 갔던 후배가 대단하다는 듯이 말했다.

"글쎄, 형이 요리를 해줬다니까."

아마도 대학교 4년 내내, 음식이라고는 근처도 가지

않던 내가 뭔가를 했다는 것이 신기했을 것이다. 그래서 그렇게 말했을 터이지만, 그 후배는 맛에 대한 평가를 하지 않았다. 그에게는 짜고, 맵고, 쓴 삼겹살이 아니라, '요리'였다. 내가 그날 모두에게 익숙한 무언가를 하다가 망쳤다면, 예를 들어 라면을 잘못 끓였다면, 고추장 불고기를 태웠다면, 그의 말 속에 그 실패에 대한 비판이나 비난이 섞여 있었을 것이다. 그러나 모두들 처음 보는 생경한 시도를 했기에, 그것은 그저 도전으로 기억됐다.

두반장은 도전할 거리가 많은 소스다. 굴소스나 쯔유, 케첩에 대한 이야기를 지나 지금 이 부분까지 읽고 있다면 독자 여러분은 아마도 음식에 관심이 많은 사람일 것이다. 이제 도전을 시작해도 된다.

굴소스, 쯔유, 케첩 등은 그 자체로 이미 맛이 완성되어 있다. 간만 조절하면 맛이 없기가 힘든 소스다. 그러나 두반장은 그렇지 않다. 빈 구석이 있는 소스다. 그 자체만으로는 맛을 내기 힘들고 반드시 무언가와 조합해야 한다. 두반장은 적절한 조합이 이루어져야만 '요리'로서의 풍미를 자신 있게 앞으로 드러낸다.

두반장은 원래 고추장보다 된장에 가까운 소스다.

발효된 콩과 소금이 주 재료다. 여기에 사천식으로 고추가 첨가돼 매운 두반장이 탄생했다. 지금은 두반장이라고 하면 대부분 매운 두반장을 떠올린다. 즉, 고추장이라기보다 매운 된장이라고 생각하는 편이 맞다. 중국식 고추장이라는 표현은 완전히 틀린 표현이다.

조금씩 요리를 하다 보면, 주변의 기대가 올라가는 느낌이 들 때가 있다. 평범한 음식을 원하는 게 아니라 조금 특이한 음식을 원하는 눈빛이 보이고, 그 눈빛을 보면 요리를 하는 사람 입장에서도 새로운 것을 해보고 싶다. 이때 어울리는 소스가 두반장이다. 앞서 말했듯이 그냥 아무 데나 뿌리면 맛이 나는 소스가 아니기 때문에, 일단 사용하면 폼이 난다. 폼 나면서 쉽게 만들 수 있는 음식 중 선두주자는 마파두부다. 푸짐하고, 색감과 향이 훌륭하다. 아무래도 붉은 색 요리는 사람의 시선을 끄는 맛이 있다.

두반장에 필요한 재료는 파, 식용유, 참기름, 간장, 굴소스, 고춧가루, 간 돼지고기, 두부, 전분이다. 여기에 더 있으면 좋은 것은 양파나 버섯 등이다.

먼저 프라이팬(웍이 있으면 좋다)에 기름을 넉넉하게 두른다. 우리나라 사람들은 기름을 많이 두르면 느끼해질까 봐 아끼는 경향이 있는데, 기름 자체도 하나의 소스라 생각하고 넉넉히 둘러야 한다. 기름이 데워지기 전에 다진 파를 넣는다. 더 추가할 채소가 없다면 대파 두 뿌리 정도 다져 넣으면 될 것이다. 기름이 끓기 시작하고 파가 약간 노릇노릇해졌을 때, 간 돼지고기를 넣고 같이 볶는다. 간 돼지고기가 지방이 많은 부위면 처음에 식용유를 조금 적게 넣는 게 좋다. 돼지고기가 익은 다음 간장 한 스푼, 굴 소스 한 스푼, 두반장 듬뿍 한 스푼을 넣고 볶는다. 이때부터 이미 맛있는 요리의 향이 난다. 매운맛을 좋아하면 고춧가루도 한 스푼 넣는다(애들하고 먹을 때는 안 넣는 게 낫다). 적당히 볶아졌을 때 물을 두 컵 정도 붓는다. 물을 부으면 치이익 하는 소리와 함께 수증기가 위로 확 올라온다. 주변에 지켜보는 사람이 있다면 이때 한 번 우쭐해도 된다. 물이 끓기 시작하면 두부를 깍둑썰기 해서 넣는다. 두부를 미리 굽거나 튀겨서 사용하기도 하는데, 정식으로 하려면 끝도 없고 귀찮으니 그런 건 나중에 해보자.

참고로 난 사천 지방에 가본 적도 없고, 그 지방 전통의 마파두부를 먹어본 적도 없다. 동네에 흔하게 있는 중국집에서 마파두부밥을 먹어봤을 뿐이라서 일반 중국집의 마파두부를 최대한 간편하면서도 있어 보이게 재현하는 데 초점을 두고 요리한다. 가족이나 가까운 이

들과 즐기는 요리로는 그 정도면 충분하고, 초보자의 도전이라는 기준으로 보면 아주 훌륭하다.

자, 다시 조리대로 돌아가자. 두부가 충분히 익을 만큼 끓었으면 전분물을 뿌려서 점도를 맞추자. 짜장보다 덜 끈적거리는 정도가 좋다. 전분물을 한꺼번에 많이 뿌리면 떡처럼 뭉칠 수 있으니 조금씩 넣으면서 점도를 맞추는 게 팁이다. 마지막으로 참기름을 한 스푼 넣으면 완성이다. 더 '있어' 보이려면 고추잡채를 설명하면서 소개한 고추기름 만들기를 참조한다. 참기름 대신 수제 고추기름을 뿌리면 더 맛있다. 만약 시중에서 구입한 고추기름을 사용한다면 참기름도 같이 뿌린다.

완성한 마파두부를 밥 위에 덮어주거나 오목하고 큰 접시에 담아서 상 가운데 놓으면 주목받을 만한 요리 완성이다

P는 두반장을 거의 사용하지 않지만 딱 한 가지 요리에만은 사용한다. 일명 '차숙이'라고 이름 붙은 요리다. 중국 요리인 듯도 한데, 실제 이름은 잘 모르겠다. 장을 볶는다는 뜻의 자장면이 한국으로 와서 짜장면이 됐듯이 뭔가 다른 중국 요리였을 테지만, 이제는 한국 요리가 된 '그 무엇'이다. 어쨌든 P가 손을 댄다는 것은

'간단'하다는 의미다. 그러나 요리로서 자격은 충분히 갖추고 있다.

재료는 숙주, 차돌박이, 굴소스, 두반장, 파. 이것이 전부다. 식용유도 필요 없다. 먼저 차돌박이를 팬에 굽는다. 한 장씩 정성스럽게 구울 필요도 없다. 그냥 있는 대로 넣고 주걱으로 저으며 볶으면 된다. 눈치를 챘겠지만, 소스가 들어갈 것이기 때문에 비싼 한우 차돌박이를 안 써도 된다. 수입 냉동 차돌박이는 한우 차돌박이의 3분의 1 가격밖에 안 된다. 기름이 많은 부위라서 그런지 외국에서는 별로 소비하지 않는 듯하다. 차돌이 구워져서 기름이 배어나오면 숙주를 넣고 같이 볶는다. 숙주는 생각보다 많이, 차돌박이의 두세 배 정도 넣는 편이 좋다. 금방 숨이 죽으면서 양이 줄어든다. 차돌박이가 한 근 정도라면 굴소스 한 스푼, 두반장 한 스푼을 넣고 볶아준다. 숙주가 차분하게 머리를 숙이면 불을 끈다. 그리고 파를 썰어서 위에다 조금 뿌려준다. 이것이 끝이다. 재료만 준비돼 있다면 요리 시간은 채 10분이 걸리지 않는다. 누구나 도전해볼 만한 요리다.

이제 두반장 사용법이 손에 익었다면 조금 더 과감한 도전에 나설 차례다. 어떤 시도가 도전으로 기억되려면 독특한 도전을 해야 한다고 앞에서 말했다. 음식에서 독특한 도전이란 하는 사람도 모르고 먹는 사람도 모르는 그런 음식이란 뜻이다. "원래 이런 맛이야"라고 사기 칠 수 있을 만한 음식이면 딱 좋다. 집에 누군가가 찾아 왔다면(아쉽게도 이제 P는 사기에 당하지 않는다) "어향가지 먹을래?" 하고 물어본다. 그러면 대부분 "그게 뭔대?"라고 되묻는다. 그러면 설명하지 말아야 한다. 어향이란 말이야, 생선향이란 뜻인데, 진짜 생선향이 나는 것은 아니고, 원래 민물생선요리에 사용하던 소스를 말하는 것이야. 신만, 단맛, 매운맛, 짠맛, 감칠맛이 모두 나는 그런 소스와 가지를 같이 먹는 것이야, 라고 주저리주저리 모두 설명하면 음식을 예상하게 되고 기대하게 된다. 서프라이즈를 위해서는 그저 "촌스럽기는……"이라고 말하고 쿨하게 돌아서서 주방으로 향하자. 약간 비웃음 섞인 미소를 띠면 더 효과가 좋겠지만 나에게 그럴 정도의 연기력은 없다.

어향가지의 재료로는 당연히 가지가 있어야 한다. 그리고 파와 양파 정도면 일단 만들 수 있다. 조금 더 푸짐한 것을 원하면 잡채용 돼지고기, 버섯, 호박 등을 추가한다. 먼저 가지를 약 1센티미터 두께로 어슷썰기 한다. 사실 어떻게 자르든 별 상관은 없지만 그렇게 썰어야 모양이 예쁘다. 썰어 놓은 가지를 기름에 튀기거나 프라이팬에 구워서 준비해 둔다. 가지에 전분을 살짝 입혀서 튀긴 다음에 매콤하고 달콤한 소스에 다시 볶는 '가지튀김'이란 요리가 별도로 있을 정도로 튀긴 가지가 맛있지만, 난 어향가지를 만들 때는 가지를 굽는 쪽을 선호한다. 좀 더 담백한 느낌이 들기 때문이다. 가지를 노릇하게 구워서 접시에 예쁘게 플레이팅 한다. 누차에 걸쳐 말했듯이 눈으로도 음식의 맛을 본다.

이제 어향소스를 만들 차례다. 프라이팬에 식용유를 두르고 파를 볶는다. 혹시 집에 생강이 있다면 같이 볶아서 향을 입힌다. 생강이 들어가면 더욱 중국스러워진다. 파가 노릇해졌으면 양파를 넣고 같이 볶는다. 혹시 고기가 들어간다면 양파를 넣기 전에 고기를 볶아서 어느 정도 익히는 게 좋다. 더 들어갈 재료 있으면 지금 다 넣고 볶다가, 두반장 한 스푼 반, 간장 두 스푼, 설탕 한 스푼, 식초 다섯 스푼(이것은 내 입맛이다 단맛이나 신맛의 선호도에 따라 조절하면 된다)을 넣는다. 물기가 많이 생겼다면 전분물을 풀어서 농도를 맞춰준다. 어향소스 완성이다.

어향소스를 가지 위에 뿌리거나, 재료가 푸짐하게 들어간 어향소스라면 소스를 오목한 그릇에 먼저 담고,

그 위에 가지를 (예쁘게) 덮어서 플레이팅 한다.

자, 이제 사기를 당할 준비가 되어 있는 상대에게 접시를 내어주고 고량주 한 잔을 권하면 미션 완성이다. 백종원 씨가 "중국에 가서 어향이라는 말이 들어간 음식을 시키면 실패하지 않는다"고 말했듯이, 실패할 확률이 거의 없는 도전이다. 달고, 맵고, 짜고, 신맛이 모두 들어 있으니 한국인의 입맛에 잘 맞는다. 칠리소스나 초고추장 같은 맛이랄까? 거기에 두반장 향 때문에 '확실히 중국이군' 하는 느낌도 온다. 자, 이 정도면 사기라고 말은 했지만 훌륭한 결과다.

"저는 음식을 잘 못해요"라고 말하는 사람들이 많다. 그건 그저 도전하지 않은 것뿐이다. '나는 못할 거야'라는 자기 암시 때문에 못하는 것이다. 음식은 못하려야 못할 수 없는 분야다. 인터넷을 조금만 검색하면 모든 레시피가 공개돼 있다. 그대로 따라 하면 평균 이상의 음식이 나온다. 왜 평균 '이상'이라고 하느냐 하면 공개된 레시피는 여러 번 도전해서 잘된 결과를 골라둔 것이기 때문이다. 잘된 결과를 따라 하는데 안 될 이유가 없다. 기본 레시피를 따라 하다가 자신의 취향에 맞게 이것 저것 넣기도 하고 빼기도 하면서 점점 발전하는 것이다. 망쳐봐야 그 결과는 조금 맛없는 음식일 뿐이다. 그 정도는 충분히 감당할 수 있는 결과다. 감당할 수 있는 결과라면 마음껏 도전해보라는 것은 음식뿐 아니라 모든 분야에서 통용되는 진리이지 않을까 싶다.

두반장을 이야기하다가 감히 진리를 말하다니 너무 나간 듯하지만, 두반장은 중국 요리의 진리다.

sauce tip

무엇을 넣어야 할지도 중요하지만 무엇을 넣지 말아야 할지도 중요하다. 중국 요리 유의 음식을 만들 때는 마늘 사용을 주의해야 한다. 한국인만큼 마늘을 사랑하는 사람이 없다는 말을 많이 들었을 것이다.

1인당 연간 마늘 소비량이 세계 1위(대략 7킬로그램)이고 대부분의 요리에 다진 마늘이 들어간다. 2위인 미국의 1인당 연간 마늘 소비량이 1킬로그램이 채 안 되는 것을 보면 우리나라의 마늘 소비는 거의 '넘사벽' 수준이다. 그래서 그런지 무의식적으로 모든 요리에 다진 마늘 한 스푼을 넣는다. 그러면 모든 요리가 한국 요리처럼 된다. 해물짬뽕에 간 마늘을 잔뜩 넣으면 해물탕 맛이 나고, 마파두부에 잔뜩 넣으면 강된장처럼 된다.

중국 요리를 조금 더 중국 요리처럼 만들고 싶으면 다진 마늘

보다 생강을 조금 넣어 보자. (비공식 조사에 의하면 중국의 1인당 연간 마늘 소비량이 한국과 비슷하다고 한다. 하지만 그들은 모든 요리에 마늘을 넣지는 않는다. 특히 다진 마늘!)

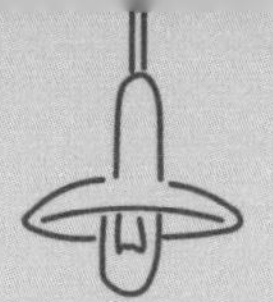

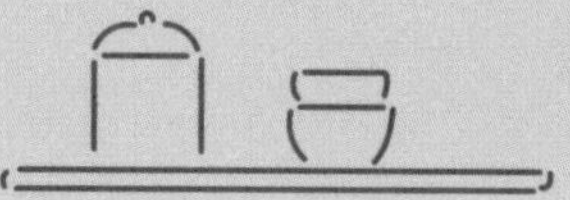

sauce 8

여유를 즐기는 방법

된장

난 집에서 요리해서 가족과 함께 먹는 것을 즐겨하지만, 손대지 않으려 하는 분야가 하나 있다. 바로 베이킹이다. 빵을 좋아하지 않는다는 것도 한몫하지만, 결정적으로 만드는 과정이 나와 맞지 않는다.

난 지금까지 몇 가지 종류의 회사를 다녔는데 한 번도 수트를 입고 출근하는 회사를 다닌 적이 없다. 아마도 틀에 맞추는 것 자체에 약간의 거부감이 있었나 보다. 한때는 '양복을 입지 않을 것'이 내 입사 조건이기도 했다. 그러다 보니 P와 결혼할 때 맞춘 두 벌이 내가 가진 수트의 전부다. 결혼한 후 내 몸에 많은 변화가 있었기에 이 수트마저 거의 입을 일이 없다. 살이 쪘다는 말이다. 그래서 더욱 수트를 입는 자리를 피하게 된 것 같다. 수트는 다 비슷해 보여도 나름 철저한 법칙이 있어서, 품과 길이, 셔츠, 신발, 양말 종류 등을 잘 지키지 않으면 안 입느니만 못한 옷이 돼버린다.

베이킹이라는 게 이 수트와 같다. 재료를 정확한 비율로 섞지 않으면 전혀 다른 결과가 나와 버린다. 빵 종류에 따라 다양한 재료를 정확한 비율로, 게다가 정확한 도구를 이용해 만들어야 한다. 그것을 지키지 않으면 그냥 다른 음식이거나, 음식이 아니게 된다. 시간이 짧게 걸리는 것도 아니다. 발효 과정을 거치고(어느 때는 하루 이상 걸리기도 한다), 알맞은 온도에서 구워야 한다. 역시 나와 맞지 않는다. 그렇게 딱 들어맞는 틀에 맞추기보다 조금 더 여유롭게 비어 있는 편이 나는 좋다.

내가 좋아하는 요리 중 여유 있게 비어 있는 음식의 대명사는 감자탕이다. 감자탕은 재료부터 간단하다. 돼지등뼈, 감자, 배추나 시래기, 깻잎, 들깨가루 정도면 기본적인 준비는 끝이다. 양념으로는 고춧가루, 다진 마늘, 파, 후춧가루 그리고 된장이 필요하다.

보통 감자탕은 식당에서 먹는 음식이라고 생각하는데 된장과 시간만 충분히 있다면 집에서도 저렴하고 맛있게 즐길 수 있는 음식이다. 다만 그 시간이라는 것이 대략 세 시간 정도이기에 주말에 천천히, 여유를 가지고 만들어야 한다.

감자탕을 향한 여정은 정육점이나 마트를 가는 것부

터 시작이다. 정육점 혹은 마트에 가면 돼지등뼈를 판다. 가능하면 냉장을 사자. 냉동 돼지등뼈도 파는데 이것을 사면 해동 시간이 또 플러스 된다. 여유를 이야기하면서 해동 시간을 따지는 게 우습지만, 그 와중에 아까운 시간은 있는 법이다.

돼지등뼈를 사왔다면 이제 핏물을 빼야 한다. 피와 뼈 부분에서 잡내가 많이 나기 때문에 깔끔한 맛을 원한다면 필요한 과정이다. 생선 손질 하듯이 정교하게 피를 제거하는 건 아니고, 커다란 통에 등뼈를 넣고 물을 받아두면 된다. 나머지는 기다림의 시간이다. 30분에서 한 시간 정도 기다리면 되는데, 그 시간 동안 텔레비전을 보거나 책을 본다. 신경을 쓰지 않아도 되는 시간이다. 넷플릭스에서 〈워킹 데드〉 한 편 보고 가보면 핏물이 우러나서 붉어진 물에 담겨 있는 등뼈가 보일 것이다. 〈워킹 데드〉를 본 김에 등뼈를 들고 입에…… 아니다. 농담이다(〈워킹 데드〉는 좀비가 창궐한 시대 이후를 다루는 드라마이고 러닝타임은 편당 약 50분).

이제 등뼈를 물에 헹구고 충분히 큰 냄비에 옮겨 담는다. 냄비에 물을 찰랑찰랑 채우고 불 위에 올린다. 초벌로 삶는 것이다. 잡내에 민감하다면 이때 소주, 월계수잎, 통후추 등 잡내를 제거하는 재료를 넣고 같이 삶는다. 초벌이기 때문에 푹 익을 정도로 삶으면 안 된다. 겉만 익을 정도면 충분하다. 불을 붙이고 아마도 〈빅뱅 이론〉 한 편 볼 시간 정도만 기다리면 될 것이다(〈빅뱅 이론〉은 칼텍에 다니는 고학력자 '덕후'의 옆집에 아주 '정상적'인 여성이 이사 오면서 생기는 에피소드를 다룬 시트콤이다. 러닝타임은 편당 약 25분).

초벌로 삶은 돼지등뼈를 건져서 찬물에 한 번 헹궈 준다. 이 과정에서 남아 있는 피찌꺼기와 과도한 기름기가 제거된다. 이제 정말 감자탕을 끓일 차례다. 역시 큰 냄비(나는 조금 전 사용한 냄비를 설거지해서 다시 사용한다)에 세척한 돼지등뼈와 물을 넣고 다진 마늘, 오늘의 주인공인 된장을 풀고 불을 붙인다. 그리고 영화 한 편을 준비한다. 약 한 시간만 삶아도 충분히 먹을 만큼 삶아지지만 난 뼈에서 고기가 부서지듯이 뜯어지고, 뼈와 뼈 사이가 잘 분리되는 정도로 푹 삶은 감자탕이 좋다. 영화 한 편 볼 정도로 익히면 딱 맞는다. 이번에 준비한 영화는 〈저스티스 리그〉다.

〈저스티스 리그〉는 러닝타임이 119분이므로 거의 두 시간이다. 감자탕의 등뼈를 아주 푹 익히기에 좋다. 뜬금없지만 〈저스티스 리그〉의 내용을 잠깐 설명하자면, 이 영화는 슈퍼맨이 사망한 후의 세계를 다룬다. 여전히 원더우먼과 배트맨, 플래시맨, 아쿠아맨, 안드로이드 등이 활약하지만 세계를 재창조할 수 있는 존재인 '마더박스'를 차지하려고 사상 최강의 적 스테픈울프가 쳐들어오는 상황이 닥치자 세상은 다시 슈퍼맨을 필요로 한다. 영화는 혹평을 받았고, 나머지 영웅의 활약상에 비해 슈퍼맨이 존재만으로도 너무 큰 비중을 차지했다는 팬들의 불만이 있었다.

그런데 왜 〈저스티스 리그〉 이야기를 시작했느냐 하면 감자탕이 비슷한 상황이기 때문이다. 감자탕의 조리방법을 찬찬히 살펴보면 마치 돼지의 잡내를 잡기 위한 영웅의 투쟁 같다. 뼈의 핏물을 빼고, 이것저것 재료를 넣어 초벌로 삶고, 다시 마늘을 넣고 삶는다. 이 모든 노력에도 불구하고 결국 잡내를 모두 잡아주는 주인공은 된장이다. 된장은 비린내나 잡내를 잡는 슈퍼맨과 같은 역할을 한다. 그래서 비린내가 날 것 같은 음식에 된장을 많이 사용한다. 그 대표적인 예가 감자탕과 매운탕이다. 흔히 매운탕은 고추장으로 끓일 것이라 생각하는데, 된장이 더 어울린다. 된장으로 기본 육수를 내고 고춧가루를 풀어야 훨씬 개운하고 시원한 매운탕이 된다.

〈저스티스 리그〉는 말했듯이 그리 흥미진진하게 스토리가 흘러가지 않아서 감자탕을 불에 올려 두었다는

뭐해?
감자탕

뭐해?
감자탕

뭐해?
감자탕

사실을 깜박하지 않게 해준다. 감자탕이 끓기 시작하면 잠시 영화를 멈추고 냄비로 가서 약불로 줄이고, 통감자와 배추나 시래기, 고춧가루를 넣고, 돌아와 영화를 다시 플레이 한다. 간혹 물이 너무 쫄지 않았는지 확인하는 정도의 정성은 있어야 한다.

영화가 거의 끝나 가면 감자탕도 거의 완성이다. 마지막으로 새우젓이나 간장, 소금으로 취향에 따라 간을 맞춘다. 여기까지는 아직 뭔가 감자탕 맛이 아닐 것이다. 들깨가루와 깻잎을 넣어줘야 비로소 감자탕다운 맛이 난다. 취향에 따라 파와 후춧가루 등을 첨가하면 완성이다.

감자탕은 좋은 점이 많은 음식이다. 오랜 시간을 들여 만들었듯이 먹을 때도 여유롭게 먹어야 한다. 10분도 안 걸려서 후다닥 먹고 자기 자리로 돌아가는 그런 음식이 아니다. 앞 접시에 뼈를 골라서는 정성스럽게 발라야 한다. 온 가족이 둘러 앉아 뼈를 발라가며 이야기하기 좋다. 감자탕을 끓이는 동안 본 드라마나 영화 이야기, 책 이야기, 그동안 살아온 이야기를 할 시간이 충분히 있다. 요즘 아이나 어른이나 할 것 없이 식탁에서 핸드폰을 보느라 정신없는데 감자탕은 두 손으로 집중해서 뼈를 발라야 하기 때문에 핸드폰을 볼 여유와 손이 없다. 모바일 프리 음식이라고 부를 만하다. 잘 바른 살을 P나 아이의 접시에 옮겨 주면 그 정성에 감동…… 까지는 안 하더라도 점수는 딸 것이다.

감자와 뼈를 먹고 나서 국물에 수제비를 넣고 끓여도 좋고, 라면이나 칼국수를 끓여도 좋다. 한국인 최고의 디저트는 밥이라는 이야기가 있듯이 마지막 남은 국물에 볶음밥까지 해먹고 나면 부른 배를 감당하기 어렵게 된다. 이 정도 포식한 날이면 P는 마치 햄버거에 다이어트 콜라를 마시는 마음으로 제안한다.

"동네나 한 바퀴 돌까?"

감자탕을 준비하고, 먹는 데까지 걸린 시간을 반영하듯 어둠이 조금씩 내려오는 동네를 한 바퀴 돌면서 이런 저런 이야기를 하고 나면 다시 목이 마르다는 핑계로, 왜 동네를 돌았는지 이유를 잊어버린 채, 편의점에서 맥주를 한 캔 사서 집으로 돌아오게 된다. 내가 왜 수트가 맞지 않는지 알 만하지만, 이번 글의 주제가 '여유'니까 괜찮다.

비슷하지만 '여유'와 반대되는 음식도 있다. 차돌된장찌개가 그것이다. 예전에 다니던 회사에서는 매주 금요일이면 각 부문 팀장(과 한 명의 상사)이 모여 일주일

간의 업무를 공유하는 회의를 했다. 말이 회의지 잘 진행되지 않은 일을 상사가 지적하는 '지적질'에 가까운 모임이었다. 지적을 당하면 자기방어를 반복하는, 소모적인 회의를 끝내고 나면 진이 빠질 지경이 된다. 그러고 나서 또 친목을 도모한다며 같이 점심을 먹는다. 소모적인 회의나 하지 않는 것이 더 친목에 도움이 될 듯하지만, 점심 값을 '법카'로 내주었기에 그냥 따라가서 먹는다. 상사가 나름 미식가라 주로 식당을 정하는데(지적질을 하는 바로 그 상사가 맞다) 그날은 차를 타고 20분쯤 이동해야 하는 소고기 전문 식당으로 안내했다(양평동 어딘가 있는 식당인데 지금도 있는지 모르겠다). '법카'에 '소고기'면 나름 기대할 만한 조합이지만, "여기는 된장찌개 맛집이야"란 말에 기대가 모두 깨졌다. 네 명이 둘러앉아서 고기 없이 된장찌개만 네 개를 시켰다. 그때 나온 음식이 차돌된장찌개였는데, 불만에 차 있던 나는 맛을 보고 '젠장, 된장찌개 맛집이 맞네'라고 상사의 말에 속으로 동의할 수밖에 없었다. 지금까지 먹어본 된장찌개 맛과는 완전히 다른 맛이었다. 말해주지 않으면 된장찌개가 과연 맞는지 의심했을 것이다. 소고기 기름(우지)의 고소한 맛이 된장과 어울려 다른 맛을 내는 듯했다. 된장이 매우 강한 소스임에도 소고기 기름이 결코 그 강함에 밀리지 않았다. 점심시간을 이용해 20분이나 이동해온지라 여유 없이 빨리 먹고 회사로 돌아갔지만, 그 맛의 여운이 남았고, 회의에서 다운된 기분을 잠시 잊을 수 있었다.

차돌된장찌개의 첫 느낌은 장시간 고기를 우려낸 육수의 맛이라는 것이었다. 나중에 알고 보니 그리 오래 우려낸 육수도 아니었고 간편하게 만들 수 있었다. 먼저 냄비에 기름을 두르지 말고 차돌박이를 볶는다(앞에서 소개한 수입 차돌박이를 사용해도 충분히 맛있다). 차돌박이 자체에서 기름이 어느 정도 나왔다 싶으면 채 썬 무를 넣고 함께 볶는다. 무가 조금 투명해지면 된장을 투입해서 같이 살짝 볶다가 물을 붓고 끓인다. 차돌된장찌개의 맛은 고기보다 우지가 좌우한다. 차돌박이를 볶음으로써 우지가 잘 배어나오도록 하는 것이다. 무의 쓴맛과 된장의 약간 떫은 듯한 맛도 처음에 함께 볶는 과정에서 잘 조화된다. 이 과정이 귀찮으면 그냥 맹물에 차돌박이와 무, 된장 등 재료를 한꺼번에 넣고 끓여도 된다. 된장이 그 정도는 포용해준다. 처음에 볶아주는 과정을 거친 편이 더 맛있다는 것은 확실하지만 말이다. 된장이 끓기 시작하면 호박, 양파, 다진 마늘을 넣고 익을 때까지 기다린다. 채소의 두께에 따라 익는 시간이 다르니 시간이 없으면 얇게 썰자. 다 익었다 싶으면 간을 보고(싱거우면 된장 조금 더 투여), 파와 청양고추를 송송 썰어 넣어주고 불을 끈다.

계속 불 앞에서 볶아주고 끓여주느라 감자탕 만들듯이 여유를 부리지 못하지만 조리 시간이 짧고, 시간에 비해 매우 깊은 맛이 난다. 다만 감자탕이나 차돌된장찌개나 칼로리는 엄청나다. 다이어트에 한식이 좋다는 속설은 이 음식들 앞에서 무용지물이다.

여유가 있어서, 여유가 없어서, 여유가 적당해서 먹을 음식이 있으니 참으로 기쁘다.

sauce tip

보통 회를 먹을 때 초고추장 파와 간장 파로 갈린다. 간장 파는 초고추장 파에게 '회맛도 모른다'고 공격하고, 초고추장 파는 맛있는 게 최고라며 '잘난 척 하지 말라'고 공격한다. 나는 어떤 파인가 하면 된장 파다. 기름진 회(연어나 참치)는 간장에 찍어 먹는 것을 선호하지만 흰살 생선은 된장에 찍어 먹는 것을 선호한다. 된장에 다진 마늘과 참기름을 첨가해서 찍어 먹으면 회의 느끼한 맛과 약간의 비린 맛이 사라진다. 횟집에서도 된장을 요구하면 대부분 이렇게 준다. 이러다가 초고추장 파와 간장 파 모두에게 공격을 받을지도 모르겠다. 아무튼 회야 말로 한국의 맛을 가장 잘 느끼게 해주는 음식이 아닐까 싶다. (초)고추장, 간장, 된장이라는 한국의 3대 소스가 모두 어울리니 말이다.

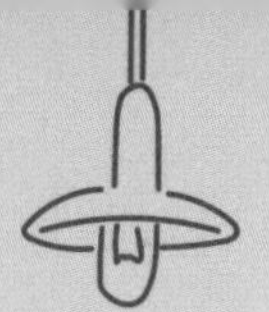

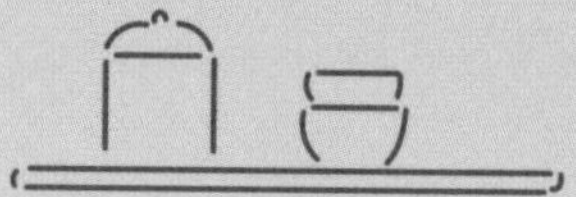

sauce 9

완벽하지 않는 편이 좋을지도

고추장

내가 태어나서 처음 먹어본 회는 붕장어(아나고) 회다. 지금은 횟집에서 서비스로 주는 회 신세지만, 어렸을 때 시장에서 아버지가 사온 붕장어회는 귀하고도 신기했다. 도시락에 하얀 무채가 담겨 있었고 그 위에 다시 동그랗고 하얀 회가 올라 앉아 있었다. 그리고 한쪽 구석에서 붕장어의 꼬리가 존재감을 드러냈다. 형들과 누나와 함께 모여 앉아 회라는 것을 처음 먹어 봤는데 신세계가 열린 듯했다. 처음에는 초고추장의 새콤하고 달콤하고 매콤한 맛이 느껴졌다. 그 다음에 쫄깃한 식감이 느껴졌고, 뼈째 먹는 회라 그런지 고소한 맛도 느껴졌다. 가족 전부 배부르게 먹기에는 양이 항상 부족했다. 그런데도 꼬리는 모두 먹기 꺼려한 듯하다. 워낙 신선해서, 꼬리를 초고추장에 찍으면 간혹 살아 있는 듯 꿈틀댔기 때문이다. 지금이야 산낙지도 없어서 못 먹는 정도의 입맛이 됐지만, 당시만 해도 어렸나 보다. 그래도 누군가는 꼬리를 먹었다. 아마도 형이나 아버지였을 것이다. 그리고 남는 아쉬움은 도시락에 깔려 있는 무채를 초고추장에 찍어 먹으며 달랬다(원래 무채도 먹으라고 깔아주는 것이었다고 한다. 그러다가 장식용으로 전락하고 지금은 천사채 등으로 대체되고 말았다). 초고추장에 찍어 먹으면 무엇이든 맛있으니까.

다시 생각해보면 회맛에 반한 것이 아니라 초고추장 맛에 반한 것이 아니었나 싶다. 지금이야 각종 달콤한 소스류가 많지만 그때는 그만큼 단맛을 내는 소스가 없었다. 당시 고추장 자체가 지금보다 달지 않았기에 설탕이 들어간 초고추장이 더 달콤하게 느껴졌는지도 모르겠다. 시판용 고추장에 익숙해진 요즘 어쩌다 재래식 고추장을 먹으면 짜고 맵다는 생각밖에 들지 않지만 원래 고추장은 그 맛이다.

난 태어나서부터 스물두 살이 될 때까지 한 집에 살았다. 아파트가 아니라 단독주택이었고 마당이 있었다. 겨울이면 마당에 친척들이 모여 한꺼번에 김장을 하던 기억이 난다. 그리고 단 한 번의 기억이지만 마당에 솥을 걸고 고추장을 만든 기억도 있었다. 아마 엿기름과 찹쌀가루를 섞어서 끓였을 것이다. 그렇게 만든 죽에 메주가루와 조청, 고춧가루, 소금 등을 섞고 발효 과정을 거치면 고추장이 된다. 어머니는 그 중간 어느 과정 중에 있는 죽을 떠서 따뜻할 때 먹어보라고 주었다. 달달한 찹쌀죽 같은 그런 느낌이었다. 잘 기억나지는 않지만 지금의 고추장만큼 달지는 않았다. 지금은 사라진 풍경이다. 어머니도 언젠가부터 고추장을 담지 않는다.

생고추장을 먹을 때는 확실히 시판용 고추장이 조금 더 맛있다. 당분이 많아서 그렇다. 어쩌면 고추장이 점점 달아지는 건 우리 스스로 초래한 결과인지 모른다. 고추장에 설탕을 섞어서 조리한 식품이 대히트를 쳤기 때문에 고추장 자체를 더 달게 만들기 시작했을 것이다. 고추장에 설탕을 넣어서 히트한 제품이 무엇이냐고 묻는다면 떡볶이라고 대답할 것이다. 며느리도 그 비법을 모른다는 마복림 할머니의 떡볶이 양념은 설탕과 고추장이 그 바탕에 있다. 한국인이 가장 좋아하는 음식 중 하나가 떡볶이이니 대히트 상품이라 해도 과언이 아닌 것만은 확실하다. 요즘은 고추장이 전반적으로 달아져서 고추장 푼 물에 떡과 어묵 그리고 파만 조금 넣어서 끓이면, 아주 맛있는 떡볶이는 아니지만, 먹을 만한 떡볶이가 완성된다.

나는 집에서 떡볶이를 만들 때 고추장을 많이 쓰지 않았다. 내 방식을 말하자면 멸치와 다시마로 육수를 내고 먼저 간장으로 간을 한다. 여기에 떡을 넣고 끓이다가 설탕, 고춧가루, 어묵, 파를 넣는다. 마지막으로 고추장을 조금 넣어서 걸쭉하게 만든다. 나름 정성을 가지고 단계별로 만든다.

가끔 P도 떡볶이를 해주는데 내 방식과 같은지 알아보려고 어떻게 만드느냐고 물어보니 "난 고추장밖에 안 넣는데?"라는 답이 돌아왔다. 나름 정성을 다한 내 떡볶이와 고추장밖에 안 넣은 P의 떡볶이의 차이를 나나 아들은 찾아내지 못했다. 뭔가 억울한 심정이었으나 내 입맛을 탓해야 할 뿐이었다. 오히려 내 불만은 고추장이 떡볶이 맞춤형 양념이 된 것 같다는 아쉬움에 있었다.

몇 년 전 여행을 가서 광어회를 먹고, 매운탕거리를 포장해 와서 숙소에서 끓이려 한 적이 있다. 숙소에 다른 양념이 없어 고추장을 넣고 끓였다. 못 먹을 맛은 아니지만, 시원한 매운탕이 아니라 뭔가 떡볶이 같은 맛이 났다. 단맛이 거의 안 나는 재래식 고추장이라면 아마도 매운탕에 어울렸을 것이다.

고추장이 달아짐으로써 그 자체로 충분히 맛있어졌다는 장점은 생겼지만, 그 충분히 풍부한 단맛이 다양한 음식에 응용하는 데에는 오히려 단점으로 작용한다. 달콤한 고추장 하나가 인기를 끌기 시작하니 모든 고추장이 달아지기 시작했고, 꿀을 넣거나 조청을 넣으며 더 '건강하게' 달아졌다고 홍보하는 고추장도 나왔다. 점점 달아지고, 점점 달아지고…… 일종의 오버슈팅이다.

경제학에서 오버슈팅은 환율이 과도하게 증가했다가 서서히 줄어들어 균형을 맞추는 현상을 말한다. 기술산업 쪽에서는 '과도한 기능 경쟁'이란 의미로 이 용어를 사용한다. 소비자의 니즈와 상관없이 경쟁적 상황 때문에 사양을 과도하게 높이는 현상을 말하는 것이다.

예를 들어 보자. 스마트폰이 나오기 이전에 어떤 전화기들이 있었는지 기억나시는지? 그 당시는 누가 휴대전화를 작게 만드는지를 경쟁했다. 작게 작게……. 그러다가 목에 걸고 다니는 전화기가 나오기도 했고, 한손에 쏙 들어가서 삐삐로 착각할 만한 크기의 전화기가 나오기도 했다. 그런 개념을 한 번 재정리한 제품이 모토롤라의 레이저였다. 크기 자체를 줄이는 경쟁에서 벗어나 두께를 줄이는 선택을 한 전화기였다. 누가 더 작게 만드는지 경쟁할 때는 소비자의 불편을 무시하고 화면까

한국인의 밥상
고추장 찍은 고추
고추장에 비빈 비빔밥
떡볶이
고춧가루 들어간 김치

지 줄여나갔는데, 레이저는 화면의 크기를 유지한 덕분에 대히트를 기록했다. 요즘은 그 반대의 경쟁이 일어나고 있다. 스마트폰의 크기를 누가 더 키우느냐의 경쟁인 듯하다. 소비자에게 하등 필요 없는 기능인 폴더형 스마트폰을 만든다며 엄청난 투자를 하고(그에 따라 가격도 올라가고) 제품을 내놨지만 아직 외면받고 있는 게 현실이다. 혹시 고추장도 그런 함정에 빠진 것이 아닐까? 고추장 자체만 먹어보면 단맛이 강한 게 확실히 맛있다. 그러나 그럼으로써 범용적인 요리 소스로서의 지위는 잃어가고 있다.

그간 고추장 회사들이 단맛(간혹 매운맛)을 점점 추가한 개량은 클레이튼 크리스텐슨 교수가 말한 '존속적 혁신'에 해당한다. 재래 고추장에 부족하던 단맛을 보강해 시장을 주도했다. 하지만 앞서 말했듯이 이미 오버슈팅 현상이 일어나고 있으니 이제 '파괴적 혁신'이 등장해야 할 차례다. 고기능을 없애고(단맛을 줄이고) 가격을 낮춘(재료비를 줄이고, 포장을 단순화해서) 제품을 출시해 기존 시장에서 불만족을 느낀 고객(나 같은 사람)을 유혹하는 혁신을 말한다. 파괴적 혁신이란 새로운 기능을 개발하는 것이 아니라, 오히려 필요한 기능만 남기고 가격대를 아래쪽에 맞추는 것이다.

여기서 마케팅도 한몫해야 한다. '재래식 고추장'이라는 말을 사용하면 안 된다. 이미 고객들은 재래식 고추장이 어떤 것인지 잘 안다. 뭐라고 할까? 그냥 오래된 느낌? 이런 느낌으로는 판매가 될 수 없다. 차라리 '요리용 고추장'이라는 이름을 붙이자. 요리를 좋아하는 사람이 진간장과 국간장, 양조간장을 따로 준비하듯이 단맛을 제거한 요리용 고추장도 따로 준비하는 것이 트렌드가 될 가능성이 있다(단맛을 이야기하다가 마케팅 이야기까지 간 것은 이 책의 오버슈팅이다).

모든 것이 꽉 짜여 있는 것은 매력이 없다. 소스도 그렇다. 무언가 빈틈이 있어야 활용도가 높아진다. 송강호라는 배우는 그리 잘생기지 않았지만(물론 다른 미남형 배우에 비해 그렇다는 것이다) 매우 다양한 배역을 맡는다. 최근에 맡은 배역만 봐도 세종대왕(〈나랏말싸미〉)과 가진 것 하나 없어서 부잣집에 기생해서 사는 어떤 가장(〈기생충〉)이다. 완전히 극과 극인데도 송강호는 그 역할을 무리 없이 잘 해내고, 관객들도 그 배역을 거부감 없이 받아들인다. 그런데 정말 잘생긴 배우들이 연기 변신을 하겠다며 거지 역할 등을 맡으면 뭔가 어색하게 느껴진다. 장동건이 〈기생충〉에서의 송강호 역할을 맡았다고 상상해보자. 하층계급과 상층계급의 대조가 약해졌을 것이다. 연기력에 상관없이 '딱' 어떤 역할에 어울리는 외모가 있는 모양이다.

조금은 비어 있는 틈을 주자. 옥상달빛의 노랫말처럼 '없는 게 매력'이라면 우리 인생도 꽤 희망적이지 않을까?

고추장에 대한 안 좋은 인상만 이야기했는데, 그럼에도 불구하고 고추장은 맛있는 소스다. 특히 찜 요리에 매우 잘 어울린다. 고추장만 사용하면 단맛이 많이 올라오니까 간장, 고춧가루, 고추장, 다진 마늘, 된장 약간을 잘 섞어두자. 이것이 각종 찜 요리에 사용할 만능장이다. 낙지나 오징어 혹은 아귀 같은 해물을 물에 한 번 데치고 웍으로 옮겨서 양파와 조금 전 만든 양념을 넣고 삶듯이 볶는다(해산물과 양파에서 즙이 나와 자작해진다). 해산물이 완전히 익으면 데친 콩나물을 넣고 잘 섞은 다음 전분물을 넣어 농도를 맞춘다. 마지막으로 참기름과 참깨를 뿌리면 완성이다. 낙지찜, 아귀찜, 조개찜, 문어찜 등 모든 해산물 찜에 응용할 수 있다.

sauce tip

아무리 요리를 안 하는 집이라 하더라도 찬장을 열어보면 간장은 있다. 그런데 간장에도 종류가 있다는 것을 알고 계시는지? 대표적으로 국간장과 진간장이 있다. 여기에 양조간장이 추가된다. 만드는 방식이 모두 다르지만, 직접 담가서 먹을 생각이 아니라면 맛과 쓰임새만 구분하면 된다.

국간장은 좀 더 짜고 단맛이 덜하다. 그리고 특유의 메주향이 나는데 이 향은 열을 가하면 쉽게 사라지므로 무침류 음식에 어울린다. 진간장은 좀 더 진하고 단맛이 난다. 열을 가해도 맛이 잘 사라지지 않으므로 볶음류 등을 만들 때 사용하면 좋다. 양조간장은 단맛과 풍미가 좋아 회 등을 찍어 먹을 때 좋다. 양조간장과 진간장을 구분하지 않는 브랜드도 있으므로 국간장과 진간장의 쓸모 정도만 알고 있어도 충분하고, 별로 맛에 예민하지 않다면 진간장 하나로 통일해도 무방하다(내가 그렇다).

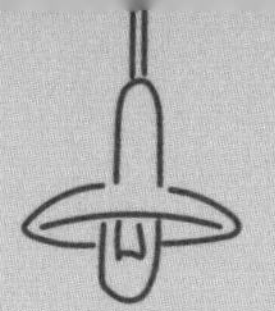

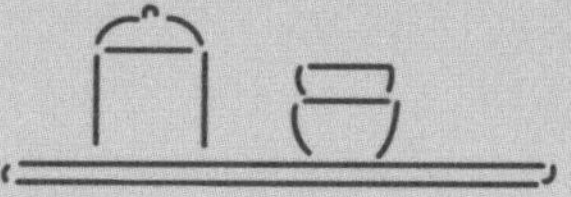

sauce 10

너의 뒤에서 오일

이 책에 오일 이야기를 넣을까 말까를 한참 고민했다. 오일이 그 자체로 소스인지 스스로도 조금 의심스럽기 때문이다. 소스가 아닌 이야기를 하기 시작하면 모든 식재료를 다뤄야 하는 것은 아닐까 하는 걱정이 있었고, 그럴 능력도 없다. 그럼에도 오일 이야기를 하는 이유는 소스로서의 가치가 있다고 판단했기 때문이다.

오일, 우리말로 기름은 그 자체가 의문인 구석이 있다. 최근 에어프라이어란 제품이 인기를 끌고 있다. 기름에 튀기지 않고 열풍을 이용해 음식을 튀긴다는 원리인데, 자체적으로 지방을 많이 품고 있는 음식이나 담백하게 조리해야 할 음식을 조리하는 면에서는 상당히 탁월하다. 다만 오븐 기능에 열풍 기능을 탑재한 제품이라서 기름져야 맛있는 음식에는 어울리지 않는 측면도 있다. 대표적인 음식이 돈까스(포크 커틀렛은 왠지 '돈까스'

라는 느낌이 나지 않아서 이 책에서는 계속 '돈까스'다)다. 돈까스는 표면에 묻힌 빵가루가 기름에 튀겨지면서 고소한 맛을 내야 하는데, 에어프라이기를 이용하면 표면이 사막화된다. 안의 고기는 잘 익지만 겉이 퍼석퍼석해져서 실제 기름에 튀긴 돈까스에 비하면 맛이 현저하게 떨어진다. 그것을 방지하려고 스프레이로 기름을 뿌린 다음 굽기도 하는데, 그래도 기름에 튀긴 쪽이 (훨씬) 더 맛있다.

여기서 근본적인 의문이 드는 것이다. 분명 기름기 있는 음식은 맛있는데, 기름 자체가 맛이 있는 것일까? 어떤 기름이든지 한 스푼을 그냥 먹어보라고 하면 대부분 인상을 쓴다. 느끼하다고 말이다. 돼지기름, 소기름 자체를 먹으라고 하면 굉장히 싫어하지만 가장 좋아하는 부위는 삼겹살이고 투플러스 한우다. 삼겹살은 지방이 거의 반 이상을 차지하는 부위고, 한우는 등급이 높아질수록 고기 사이에 지방이 많다. 좋아하는데 싫어한다니 말이 안 된다. 몸이 힘들거나 식욕이 없는 날이면 기름맛이 당긴다고들 이야기할 정도로 사람을 유혹하는 요소가 있는 지방이지만, 과학적으로 우리 입에는 지방을 느끼는 기능이 없다. 단맛, 신맛, 짠맛, 쓴맛, 감칠맛을 미뢰로 느낀다는 것은 과학적으로 증명이 되어 있지만, 지방맛을 느낀다는 증거는 없다. 그 자체로 미스터리한 이 재료를 소스란 카테고리 안에서 다뤄야 할까를 나는 고민한 것이다.

몇 년 전 나는《너의 뒤에서》란 청소년 소설을 쓴 적이 있다. 제목만 들으면 말랑말랑한 멜로 같지만 그런 것은 하나도 등장하지 않는다.《너의 뒤에서》란 제목은 출판사의 제안으로 붙인 것인데, 우리 모두는 모르는 사이에 다른 이의 영웅이 될 수 있다는 주제 의식을 담은 것이다. 소설에는 세 명의 화자가 등장한다. 이들의 사건은 서로 얽혀 있으며 서로에게 선한 영향을 준다(소설의 내용은 '스포일러'가 될 수 있으므로 더 이상은 말하지 않겠다. '궁금하시면 절판되기 전에 구매를 부탁드립니다'라고나 할까).

기름은 음식 속에서 선한 영향을 주는 역할을 하는 게 아닐까 한다. 음식에서 선한 영향이란 맛의 상승이다. 다른 재료와 만나 기름만이 뽑아낼 수 있는 맛이 있다. 스스로는 평범하지만 어떤 재료의 뒤에서는 영웅이 되는 게 기름이다. 지용성 물질을 뽑아내 맛을 증폭하는 것이다.

우리나라의 기름이라고 하면 머릿속에 바로 떠오르는 것이 들기름과 참기름이다. 우리나라의 음식을 만들 때 들기름과 참기름을 빼면 되는 일이 별로 없다. 각종 무침 요리의 마지막은 항상 참기름이 장식한다. 들기름은 참기름만큼 범용으로 사용되지는 않지만 요리의 완성도를 확실히 높여준다. 김치를 들기름에만 볶아도 그 자체로 요리이고 각종 부침을 할 때 사용하면 향이 살아난다. 일반적으로 열을 가하는 요리에는 들기름을 사용하고, 열을 가하지 않는 음식에는 참기름을 사용한다.

들기름과 참기름은 상보적인 관계이기도 하다. 들기름에는 항산화물질이 들어 있지 않아 실온에 잘못 보관하면 빨리 산패되는데 참기름에는 산패를 막아주는 항산화물질인 '리그난'이 들어 있어 실온에 보관해도 된다. 이들이 상보적인 관계인 이유는 들기름에 참기름을 조금만 섞으면 산패도 막아주고 향도 더 고소해지기 때문이다. 다시 한 번 강조하지만 《너의 뒤에서》라고 할까?

이쯤에서 기름에 대한 변명을 조금 해주고 넘어가야 할 것 같다는 생각이 든다. 앞서도 말했지만 우리나라 음식 중에는 기름이 주가 되는 요리가 거의 없다. 아마도 기름을 구하기 힘든 환경이었기 때문에 그렇게 되지 않았을까 한다. 그래서 음식에는 기름이 적게 들어간다는 선입견이 형성돼 있고, 생각보다 기름이 많이 들어가는 음식을 보면 거부감이 든다. 그 거부감이 대표적으로 발현된 사례가 대만 카스텔라 사건이다. 한때 골목마다 있다는 대만 카스텔라 가게가 하루아침에 무너진 이유는 카스텔라에 식용유가 들어간다는 어느 고발 텔레비전 방송 때문이었다. 기름이란 참기름 뿌리듯 살짝 첨가하는 정도에 그치는 것이지 음식에 직접 들어가는 것은 아니라는 우리나라 사람들의 선입견을 건드린 것이다.

이 즈음에서 오일소스 스파게티 이야기로 잠깐 점프를 해야겠다. 5장에서 스파게티 입맛은 3단계로 변천한다고 이야기했었다. 10대는 토마토소스 스파게티, 20대는 크림소스 스파게티, 30대 이상으로 넘어오면 오일소스 스파게티를 좋아하기 시작한다. 처음 오일소스 스파게티를 만들다가 실패하는 가장 큰 요인은 오일을 적게 넣어서다. 오일소스 스파게티를 만들 때는 오일 자체가 거의 육수라고 생각하고 넣어야 한다. '까암짝' 놀랄 정도로! 소스를 만들려면 먼저 팬에 올리브 오일을 '넉넉'하게 붓는다. 여기서 중요한 말은 팬에 기름을 '바른다'가 아니라 '붓는다'란 것이다. 적어도 팬 바닥 전 부분에 기름이 1밀리미터 이상 높이로 찰 정도로 기름을 부어야 한다. 그리고 편으로 썬 마늘이나 다진 마늘을 넣고 약한 불로 끓여준다. 마늘에서 거품이 뽀글뽀글 올라올 정도가 좋다. 여기에 마른 고추가 있으면 찢어서 몇 조각 넣어준다. 준비성이 있다면 페퍼론치노라는 이탈리아 고추가 있으니 사두었다가 몇 개 손으로 부숴서 넣어주면 된다. 그리고 기름에 소금으로 간을 조금 한다. 이것이 오일소스 스파게티의 베이스다. 오일 자체에 향을 더하기 위해 통후추나 월계수잎, 바질을 넣어주면 좋고, 재료가 풍부하게 있다면 베이컨, 루꼴라(보통은 집에 없으니 시금치) 등을 넣어도 좋다. 그 상태에서 삶아둔 스파게티면을 넣고, 살짝 볶다가 면수(스파게티 삶은 물)을 두 국자 정도 끼얹고 졸인다. 그러면 아주 기본적인 오일소스 스파게티가 완성된다.

같은 소스에 베이컨 대신 모시조개를 넣고 끓이다가 (기름에 튀겨질 정도로 온도를 올리면 완전 실패다) 모시조개가 입을 벌리고 육수가 자작해지면 화이트와인이나 청주를 넣어서 냄새를 날린 뒤 스파게티면을 넣고 한 번 더 볶아준다. 이러면 봉골레 스파게티 완성이다.

이 오일소스 스파게티를 오목한 접시에 담아내면 기름지다는 생각은 별로 들지 않는다. 사실 그 육수에 절반은 기름인데 말이다. 이렇듯 기름 자체가 재료인 요리가 많다.

그런 면에서 대왕 카스텔라는 충분히 억울할 만하다. 일본식 카스텔라를 만드는 방식과는 다르지만 식용유가 들어가는 빵이 분명 존재한다. 그리고 우리 같은 '막입'은 카스텔라와 그 빵을 잘 구분하지도 못한다. 케이크의 베이스로 주로 쓰이는 쉬폰케이크가 바로 그 식용유가 들어가는 빵이다. 대왕 카스텔라 집의 죄라면 카스텔라라고 쓰고 쉬폰케이크를 판 것뿐이다. 그런데 오로지 '기름'에 대한 선입견이 한 프렌차이즈를 번개처럼 빠르게 망하게 했다.

난 동네 산책을 좋아한다. 특히 골목길을 좋아한다. 골목길은 큰길과는 다른 발견의 재미가 있다. 낯선 골목길을 걷다 보면 이런 곳까지 누가 찾아올까 싶은 작은 미용실, 작은 식당, 작은 카페가 갑자기 나타난다. 특히 난 서울이기는 하지만 산책하러 나갔다가 고양시까지 다녀올 수 있는 한적한 동네에 살고 있다. 그래서 동네에 예쁘고 괜찮은 가게가 나타나면 옛 친구를 만난 듯이 반갑다. 그런 가게를 보면 P와 아이를 데리고 한 번씩 가본다. 조용하고 음식도 맛있는 집이면 걱정부터 하기 시작한다.

'이런 집이 망하면 안 되는데.'

그러나 대부분은 사라진다. 외곽 동네의 손님이 없는 조용한 가게가 오래 있을 리 없다는 것을 잘 알면서도 오래 살아남아 나만의 가게가 되기를 바라 본다. 어떤 음식이 유행할 때도 오래 머물러 계속 이것을 즐길 수 있었으면 하고 바라기도 한다. 대만 카스텔라가 그랬고, 찜닭이 그랬고, 조개구이가 그랬고, 요즘은 마라탕이 그렇다. 큰길부터 작은 길, 편의점까지 마라탕이라는 이름을 단 가게나 제품이 눈에 띄고 있다.

하도 유행이라 P와 아이와 함께, 연신내에 유명한 마라탕집이 있다고 하기에 그곳을 가봤는데, 이름값이 무색하지 않게 많은 사람들이 줄을 서 있었다.

"이 또한 유행이 지나면 사라지겠지?"

내 말에 P도 동의했다.

"다른 집 갈까? 맛은 비슷하겠지."

이번에는 아이가 동의했다.

그래서 몇 걸음만 가면 또 나오는 다른 마라탕 가게로 목적지를 바꾸었다. 우리가 갔을 때는 한 테이블 정도 손님이 있었다. 먹고 싶은 재료(채소, 당면, 두부 등)를 고르고 고기 종류를 정하면 무게에 따라 값을 계산하는 방식이었다. 이런 가게의 특징은 재료가 무엇이 들어가든 소스는 똑같다는 것이다. 매운 맛을 조절할 수는 있었는데 '보통'으로 선택하고 잠시 기다리니 탕이 나왔다. 유행할 만큼의 맛은 충분히 내는 듯했다. 매콤하고 중국 음식 특유의 향이 났다. 반주와 함께 마라탕을 먹으며 이런 음식점이 완전히 사라지면 섭섭할 것 같다는 생각을 했다. 동네에 있는 작은 가게처럼…….

완전히 사라지지 말고 나만의 대왕 카스테라 가게, 찜닭 가게(서울에서는 많이 사라졌지만 안동을 가보니 한 골목 전체가 찜닭 가게이기는 했다), 마라탕 가게는 남았으면 좋겠다. 그래도 곧 사라질 것을 알기에 집에서 마라탕을 해보기로 했다. 집에서 하는 요리는 사라지지 않으니까.

마라탕은 어려워 보이지만 두 가지 오일소스만 구할 수 있다면 쉬운 요리에 속한다. 그 소스 중 하나는 라조장이다. 중국의 고추기름 소스라고 보면 된다. 고추기름에 콩과 고기 등이 섞여 있고 짭짤한 맛이 난다. 또 하나는 마유다. 이것이 특히 구하기 힘든데, 나도 중국 음식 재료 전문점에 가서야 한 병을 살 수 있었다. 인터넷에서 마유를 검색하면, 말의 젖으로 만든 화장품만 잔뜩 나오니 구입할 때 조심하기 바란다. 마유와 라유(라조장). 이름만 들어도 딱 떠오르는 것이 있을 것이다. 앞글자만 따면 '마라'다. 마유와 라유가 들어간 음식이라고 생각하면 간단하다. 마는 마비된다고 할 때의 그 '마(痲)'다. 마유는 입안을 얼얼하게 만드는 특유의 매운맛을 낸다. 그 매운맛을 맛본 사람은 '혀가 전기에 감전된 듯하다'고 표현하는데 독특한 향을 싫어하는 사람도 있다. 중국 산초(화자오) 열매를 기름에 끓여서 만드는 소스니까 마유를 구하기 힘들다면 화자오를 인터넷 등에서 주문해서 만들 수도 있다. 라는 매울 랄(辣)을 말한다. "신랄하다"라고 말할 때 이 랄자를 쓴다(지랄은 아니다).

정식으로 마라탕을 만들려면 순서나 재료도 중요하겠지만, 이 책이 요리책은 아니니까 간단히('야매'라고 읽는다) 만드는 법만 설명하겠다. 프라이팬에 라조장을 두세 스푼 넣고(건더기도) 준비한 재료를 잘 볶는다. 간은 굴소스로 맞춘다. 라조장은 고추기름이기 때문에 이 과정에서 이미 기침을 시작하는 사람도 있다. 여기에 육수를 부어주는데 닭육수, 혹은 치킨스톡 육수, 혹은 시판 사골육수 아무것이나 상관없다. 육수가 끓으면 후춧가루와 마유를 취향에 따라 뿌려준다. 아마도 가게에서 먹는 마라탕과 거의 비슷한 맛을 느낄 수 있을 것이다.

사라지는 것이 아쉽다면 스스로 하는 수밖에…… 이게 아쉬움인지 식탐인지 그건 잘 모르겠다.

sauce tip

마지막 소스팁은 팁도 아니다. 아이와 아침밥을 차려 먹으려 할 때, 재료가 하나도 없으면 만드는 음식 이야기다. 나는 정할 것이 없으면 계란 볶음밥을 만든다.

재료는 밥, 식용유, 간장, 계란, 파, 참기름이 전부다. 식용유를 팬에 두르고 파를 볶아서 파기름을 만든다(파기름이 이 요리법의 중심이다). 파가 충분히 볶아져서 고소한 향을 풍기면 계란을 투여한다. 스크램블 하듯이 계란을 볶은 다음, 간장을 뿌린다. 간장이 기름에 자글거리면서 타는 소리가 들릴 것이다. 만약 웍을 사용한다면 웍질을 몇 번 한다. 기름과 간장이 증발한 증기에 살짝 불이 붙는 것도 볼 수 있다. 웍질을 몇 번 하면 약간 불맛 같은 향이 난다.

여기에 밥을 넣고 볶는다. 잘 볶을 자신이 없으면 불을 끄고 프라이팬에 밥을 비비듯이 볶는 게 좋다. 그래야 팬에 눌어붙지 않는다. 마지막으로 참기름을 한 스푼 넣고, 다시 불을 붙여 밥을 눌린다.

완성되면 공기에 담아 아이의 상 위에 올려주고 "오늘도 계란 볶음밥이야?"라는 불평이 나오지 않는지 눈치를 본다. 그리고 슬쩍 물어본다. "맛있어?" 그러면 아이가 말한다. "계란 볶음밥이 맛이 없을 수가 없잖아." 이제 안심하고 같이 밥을 먹는다.

팁 속의 팁. 계란 볶음밥에는 김치를 곁드리기보다 청양고추를 잘게 썰어서 간장, 식초에 담갔다가 하나씩 꺼내 밥 위에 올려 먹으면 잘 어울린다.

epilogue

별것 아니지만 도움이 되는

한 아이의 엄마가 베이커리에 아이의 생일 케이크를 주문한다. 하지만 생일을 맞은 아이는 교통사고를 당하고 혼수상태에 빠진다. 아이의 생사가 왔다 갔다 하는 며칠 동안 알 수 없는 누군가로부터 '도대체 어떻게 할 것이냐'고 묻는 전화가 걸려와 계속 엄마를 괴롭힌다. 아이의 일로도 이미 심신이 지쳐 있는 엄마에게 그 이유를 알 수 없는 전화는 공포에 가까웠고, 점점 전화를 건 이에 대한 분노가 높아진다. 아이는 결국 숨을 거둔다. 숨을 거둔 그날에도 전화가 걸려 왔고, 엄마는 아이에 관한 것이냐고 묻는다. 그러자 전화기 저편의 상대는 '그렇다'고 답한다. 엄마는(아빠도) 그제야 그 상대가 누구인지 눈치 챈다. 생일 케이크를 맡긴 베이커리의 주인이었다. 시간이 지나도 케이크를 찾아가지 않자 재촉하는 전화를 했던 것이다. 엄마는 격분해서 베이커리로 찾아간다. "어쩌면 그럴 수 있느냐"며 원망하자, 베이커리 주인은 그 사정을 전혀 몰랐다며 사과하고 따뜻한 롤빵과 차를 내어 준다. 주인은 "얼마든지 드세요"라며 별것 아닌 것 같은 자신의 이야기를 들려주고 엄마의 말을 들어준다. 달콤한 빵 냄새 속에서 세 사람은 밤새도록 이야기를 나눈다.

레이먼드 카버의 단편 〈별것 아니지만 도움이 되는〉의 줄거리다. 맛있는 음식과 별것 아니지만 이야기를 들어주는 사람과 이해해주는 사람이 있다면 분노와 고통이 조금은 사라질 수 있다는 의미였다고 나는 해석했다. 남녀가 처음 만나 함께 음식을 먹듯이, 누군가를 대접하는 데 빠지지 않는 것이 음식이듯이, 누군가를 이해하는 중요한 도구가 음식이다.

또한 음식은 먹는 과정이 중요한 만큼 누군가를 위해 만드는 과정도 중요하다. 그 과정까지 있어야 비로소 음식은 '관계'가 된다.

음식을 관계로 만드는 과정을 두려워하지 않도록 만드는 중요한 존재가 소스이기에 나는 이 책에서 소스에 대한 이야기를 했다. 결국은 (인생은) 소스 맛이니까. May the sauce be with you.

한 가지 더, P는 매우 훌륭하게 자신의 역할에 최선을 다하는 가족의 구성원이며 자신의 삶을 이끌어가는 주체다. 이 책에 내 자랑을 하느라 P의 역할을 축소하거나 과장한 면이 있었는데 이야기를 좀 더 맛깔나게 만든 소스라고 생각하고 넘어가 주시길…….